2
原作開始前に没落した
悪役令嬢は
偉大な魔導師を志す
gensaku kaishimae ni
botsuraku shita akuyaku reijo ha
idai na madoshi wo kokorozasu
桜木桜 ill. 閏月戈
JN088312

フェリシアは調合に取り掛かる。

しかし……傷薬ならば

ともかくとして、

数十種類の材料を複雑に

組み合わせなければならない。

「理論上は……これでイケるはずだ」

【NAME】

フェリシア・フローレンス・アルスタシア

五日熱の魔法薬となれば、

そう簡単にはできない。

「また、失敗だ……」

[NAME]
アナベラ・
チェルソン
っっっ
「貰えた……貰えた……
貰えたよぉ!!!!」
[NAME]
ケイティ・
エルドレッド
[NAME]
ブリジット・
ガスコイン

「ああ、私は死なないし、負けない。
負けるのはお前だ」

原作開始前に没落した悪役令嬢は偉大な魔導師を志す2

桜木桜

イラスト／閏月戈

CONTENTS

gensaku kaishimae ni botsuraku shita akuyaku reijo ha idai na madoshi wo kokorozasu

プロローグ
――それはかつての師弟のお茶会、否、授業風景――

gensaku kaishimae ni
botsuraku shita
akuyaku reijo ha idai na
madoshi wo kokorozasu

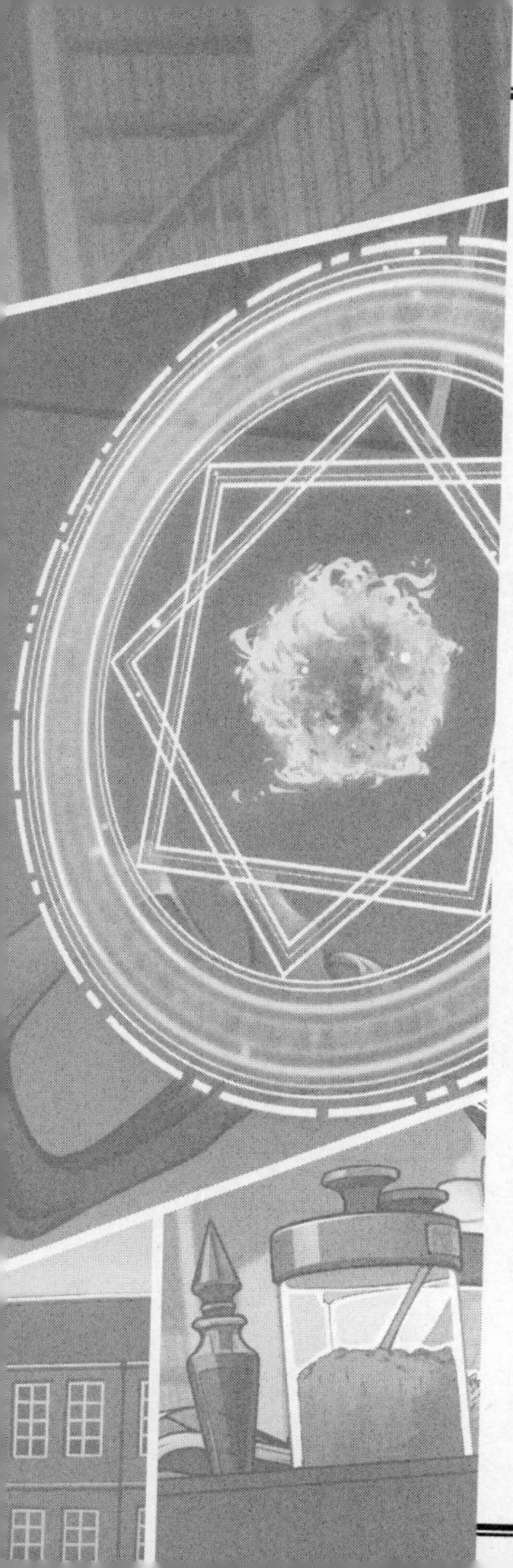

それは深い深い森の奥にある……小さな家。

そして外観に見合わないほどの広さを持つ屋内——といってもその殆どは本や実験器具などによって埋め尽くされていたが——の中に二人の少女がいた。

一人は金髪の……おおよそ十歳前後に見える可愛らしい少女。

もう一人は白髪の……一見すると十四歳程度に見える少女。

二人はテーブルを囲み、紅茶とお菓子を楽しんでいた。

「なあ、師匠。……疑問があるんだが、いいか？」

金髪の少女——フェリシア——は白髪の少女に問いかけた。

白髪の少女——アンブローズ・マーリン——はマカロンを齧る手を止めずに答える。

「何かしら？」

「師匠は言ったよな？　魔法を真に理解するには世界の仕組みを知る必要があると……」

哲学で世界の仕組みを知る。

幾何学、算術、天文学で世界を測る。

そして文法学、論理学、修辞学、音楽で世界を動かす。

それこそが魔法である。

故に魔法を真に理解し、使いこなすためには、知識が必要不可欠である……と。

「そうね。言ったわ。それが？」

「……正直に言って、あまり実感できてない」

　フェリシアはそう言って眉を顰めた。

　つまり師であるマーリンの指導方針に異を唱えているのだ。

　これは二度目である。

　もっとも、一度目と異なる点は「かつて自分が納得したはずのマーリンの理屈」に対する疑問であり、反論であるという点だ。

　つまり焼き増しではない。

「ふっ……」

　故にマーリンは小さく笑い、ティーカップをテーブルに置いた。

　フェリシアのこのような〝反抗〟はマーリンにとっては予想通りであり、むしろ望ましいことだったからだ。

　ただ、言われたことを信じ、それを盲目的に繰り返し、覚える。

　マーリンは己の弟子にそのようなことを求めていない。

　むしろ、様々な疑問を抱き、自分に対して反抗、反論してくることを期待している。

　もちろん、それができるのはマーリンが己の理論に絶対の自信を持っているからだ。

「どうしてそう思うのかしら？」

「どうしてもこうしても……魔法を扱うのにも、魔法式を組むのにも、科学や哲学の知識は不要だろう？」

　例えば、マーリンはフェリシアに教えた。

なぜ、木と木を擦り合わせると火が熾るのか。

それは摩擦によって熱が発生し、その熱で木が発火したからである。

ではなぜ摩擦によって熱が発生するのか。摩擦とは、熱とは、火とは何か……。

そのような普通の学校で習わないような知識をマーリンはフェリシアに授けてくれた。

なるほど、興味深い。

……で、だから何だ？

それは魔法を扱う上で、一体何の役に立つ？

「別にそんなことの知識がなくても、魔法は扱える。魔法式も……そういう自然法則の知識とは無関係の、魔法法則を学べば組める。実際、できるようになった。両者には何の関連性もない」

例えば火の魔法を扱うのに、自然法則の知識は不要だ。

どのような魔法式を組めば、どのような現象が発生するか……そのような基礎理論さえ頭に入っていれば良い。

故に発火の理屈を知っているからその分威力が上がるということもないし、ましてや〝イメージ〟などというものも全く関係ない。

魔法は極めて機械的な技術だ。

そこに余計な知識や思考が入り込む余地はない。

もちろん、「何が燃えるのか、燃えやすいのか」というような知識を頭に入れていれば魔法を扱いやすいということはあるのだが……それだけだ。

　こと、魔法を扱う上ではそのような自然法則の知識はその程度しか役に立たない。

「……別に良いんだ。賢者とは魔法だけでなく、あらゆる物事に精通していなければいけないとか……そういう理屈なら、納得する。別に勉強が嫌というわけじゃないからな。でも、師匠は言っただろ。魔法の真の理解のために必要だと。……何がどう、必要になるんだ？　具体的に教えてくれ」

　フェリシアはその金色の瞳で、じっとマーリンを見つめた。

　一方でマーリンはいつもの無表情で――しかし心なしか嬉しそうに――答えた。

「そもそも、どうして魔法を扱う上で、自然法則の知識が不要なのかしらね？」

　質問に質問で返されたフェリシアは少しだけ、ムッとした。

　だが「ここは自分で考える部分なのだろう」と判断し、少し考えてから答える。

「科学の中にも……法則の上下があるんだろう？　『魔法法則は自然法則に優越する』……違うか？」

　そもそも、魔法はれっきとした科学である。

　法則があり、再現性があり、学問として体系化できる。科学以外の何物でもない。

　科学と言えば魔法のことを指すのが、この世界の常識である。

　故に自然法則とは、法則から魔法を抜いた物であり……あくまで「魔法の力が介在しない」ことを前提とした学問だ。

故に現実にはあり得ない。

この世には様々な魔法の力が、現実として働いているからだ。

所詮は机上の空論である。

「それはどうしてかしら？」

「……え？」

「どうして、魔法を扱えば、自然法則では起こりえない現象を起こすことができるの？」

「それは……」

そういうものだから。と、フェリシアは言いかけて気付く。

〝そういうもの〟という常識に疑問を投げかけ続けることが、学問ではないか。

「そもそもだけど、魔法法則が自然法則に優越するというのは本当かしら？　だって、魔法で生み出された火は、自然法則のプロセスに則って燃えるでしょう？　生み出される過程は異なるけれど、生み出されてからは同じ法則に従う。……私にはむしろ、自然法則という土台の上に魔法法則が積まれているように見えるわね」

そう言いながらマーリンはマカロンを齧った。

それから砂糖をいっぱい入れたミルクティーを飲む。

「魔法法則と自然法則。二つの法則。その理解の先に……」

マーリンは小さく笑みを浮かべて言った。

「**魔法**があるわ」

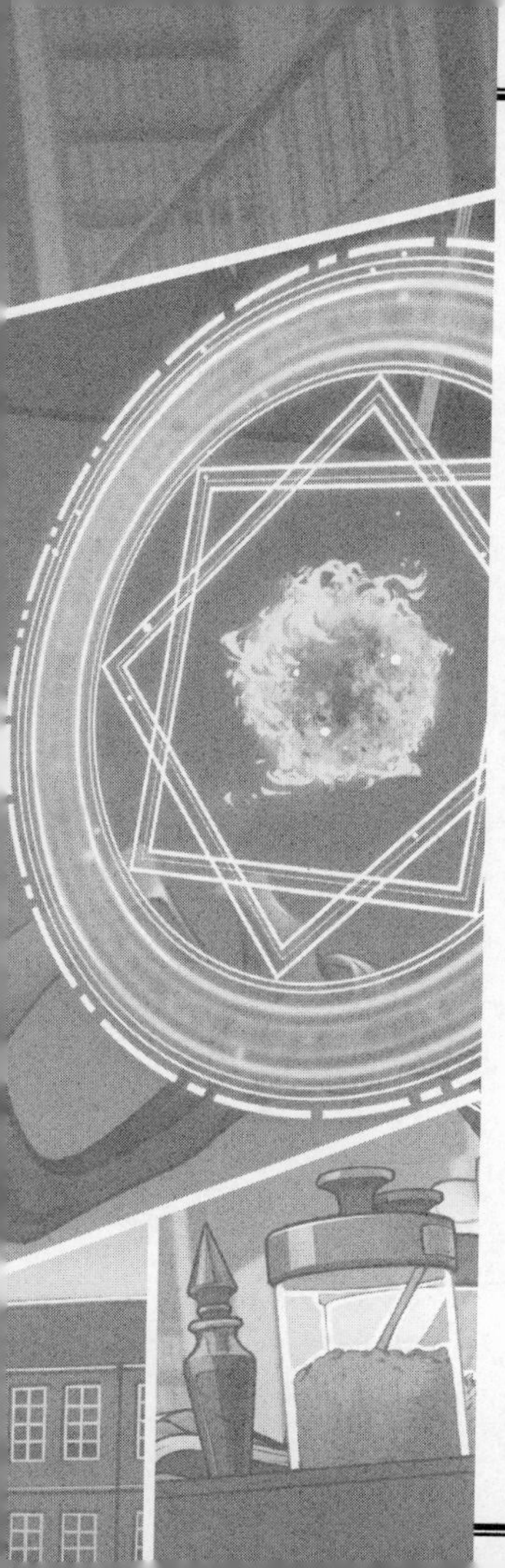

第一章

見習い魔導師は魔法について考える

gensaku kaishimae ni
botsuraku shita
akuyaku reijo ha idai na
madoshi wo kokorozasu

フェリシアとアナベラがロンディニアでデートをした日の翌日。

いつものようにフェリシアたち、ライジングのチームメイトは朝練をしていた。

季節は秋。運動するには涼しく、ランニングや筋トレも捗る。

もっとも涼しいとはいえ、体を動かしていれば暑くなるし、汗を掻く。

「今日の練習はここまでだ」

キャプテンの宣言でもって、その日の朝練は終了した。

「ふぅ……早いところ汗を拭いて着替えないと、風邪引きそうだな」

フェリシアはだらだらと汗が体から流れるのを感じながら呟く。

まだ運動を終えたばかりなので、体は熱い。

だが時折吹く風は、体が濡れていることも合わさってとても冷たい。

「お疲れ様ですわ、フェリシアさん！」（今日は私がタオルを渡すわ！）

「お疲れ様です、フェリシアさん！」（これだけは譲るわけにはいきません！）

睨み合うケイティとブリジット。

どちらがフェリシアにタオルを渡すかでいがみ合っているのだ。

ライジングの日常風景である。

……しかし、今日はいつもと違った。

「フェリシア！　これ、どうぞ!!」

「ん？　ああ、ありがとな。アナベラ」

ケイティとブリジットを差し置いて、アナベラはフェリシアに駆け寄り、タオルを渡した。

「お？　ちょっと温かいな」

「うん！　魔法で温めておいたの」

「へぇー、気が利くな。ありがとう」

仲良さそうにするフェリシアとアナベラ。

これにはケイティとブリジットもあんぐりと口を開け、硬直する。

そんな二人に対し、アナベラはちらりと視線を送り……勝ち誇った笑みを浮かべた。

ケイティとブリジットは思わず歯軋りをした。

（さ、先を越されましたわ！　と、というか、いつの間に……）

（いつの間に仲良くなっているんですか！　きぃー!!　この私を差し置いて!!）

「ふぅ……こういうのは、高い学費払わされるだけあるなぁ……」

湯舟に浸かりながらフェリシアは気分良さそうに言った。

貴族の子女や金持ちが大勢通うだけあり、浴槽は広く、そして湯舟の種類もそれなりにある。

フェリシアは湯舟には毎日、長時間浸かるようにしている。

そこそこ風呂が好きな質なのだ。

「最近、少し寒くなってきたよなぁー」

「そうですわね」

「そうですね」

「そうだね」

ブリジットとケイティとアナベラは、時折フェリシアへ視線を向けながら相槌を打つ。

元々〝隙〟が多いと男女問わず評判なフェリシアだが、今は多いどころか、隙しか見当たらない。

女同士だからか、一切隠すつもりがないようで、全身をさらけ出している。

時折、長い手足を伸ばし、心地よさそうに声を上げる。

白い肌は僅かに紅潮し艶めかしい色合いに変わっていた。

長い金髪を団子のようにまとめ、うなじを出している。

その白いうなじは、汗か水蒸気かは分からないが水滴で濡れていて、フェリシアが体を動かすたびにその水滴が垂れ落ちる。

白く綺麗なお腹はほっそりと引き締まり、僅かに縦線——腹筋——が浮かんでいる。

(本当に……綺麗ですわ。羨ましい)

(やっぱり、無防備すぎてちょっと心配になります……)

(女同士だけど、やっぱり綺麗な物は綺麗だと感じちゃうのよねぇ)

ブリジットとケイティとアナベラはフェリシアを眺めながら考える。

一方でフェリシアはそんな友人たちの視線には一切気付く様子はなく、ますます無防備な姿を晒す。

「私、のぼせてきたわ……先に上がるね」（なんか、くらくらして来ちゃった）

アナベラはそう言って立ち上がった。

元日本人の彼女は決して風呂は嫌いではない……が、長風呂は得意ではない。

「……私ものぼせてきましたわ」

「私もです」

「おう……私はもう少しここにいる」（……体調でも悪いのか？）

普段はもっと長時間、フェリシアに付き合ってくれるブリジットとケイティが立ち上がったのを見て、フェリシアは内心で首を傾げた。

とはいえ、引き留めるわけにはいかない。

「さーて、次は蒸し風呂にでも行こうかな」

気分良さそうにフェリシアは立ち上がった。

「ちょっと、アナベラさん」

「話があります」

「……何？」

脱衣所で着替えを終えたブリジットとケイティは、アナベラを呼び出した。

アナベラは何となく何の話か察しながら、二人についていく。

アナベラを隅へと呼び出したブリジットとケイティは本題に入った。

「ちょっと、最近フェリシアさんに馴れ馴れしすぎですわ！」

「そ、そうです……フェリシアさんは優しいから、何も言わないですけど……き、きっと迷惑しています！」

「ふーん」（……何でこいつら、悪役令嬢みたいなこと言っているんだろう？）

元々悪役令嬢の取り巻きであるブリジットならばともかくとして、ケイティまでそんなことを言いだすとは、少し驚きだ。

「私にフェリシアが取られんじゃないかって、不安なの？」

「そ、そんなことは……あ、ありませんわ！」

「ち、違います……そ、そうじゃなくて……」

二人とも声が震えている。

やはり図星だなと、アナベラは内心でほくそ笑んだ。

「フェリシアは別に誰かの物じゃないわ。もちろん、あなたたち二人の物でもない。だから私がフェリシアにどう近づこうと、仲良くしようと、あなたたちに文句を言われる筋合いはないわ！」

「むむむ……」

ブリジットは悔しそうに歯軋りをする。

まさか、フェリシアの所有権を主張するわけにはいかない。

一方ケイティは……

「ふーん……まあ、良いです。あなたがそう言うなら、私にも考えがありますから」

「か、考え？　何だって言うのよ」

「お忘れですか？　アナベラさん。私は……フェリシアさんのルームメイトです。私がフェリシアさんの、一番の友達なんです！」

ニヤリと笑いながらケイティは言った。

これにはアナベラも声も詰まらせ、ブリジットはさらに悔しそうに歯軋りをする。

一方、そんな二人に対し、ケイティは自慢するように言った。

「私はお二人が知らないことを知っています。フェリシアさんはですね、お部屋にいる時はとっても無防備なんです。着替えをする時とかも、全然体を隠さないんです」

何故か自慢気に話を始めるケイティ。

若干、話が妙な方向に行き始め……アナベラとブリジットは眉を顰める。

「今は冬ですけど、夏はもっと凄いんですよ。一時期、下着で過ごしていましたから。まあ、さすがに下着の中は見えないですけど……伸びをすると、ブラウスが浮き上がって、おヘソがチラッと見えるんです。そうそう……フェリシアさんのおヘソ、とっても綺麗でしょう？　あれはですね、週に一度掃除しているからなんです。オリーブオイルと綿棒を使って……まあ、さすがにその時は恥ずかしそうに、私に背を向けてやるんですけど、たまに擽ったそうな声を出すんです。それで私が覗き込もうとすると……どうしたんですか？」

「い、いや……ちょっと、その……」

「ドン引きですわ……」

アナベラとブリジットは揃って、一歩下がった。

まるで得体のしれない物を見るかのような視線を、ケイティに向ける。

これにはケイティも少し、ショックを受ける。

「な、何でですか！」

「いや……だって……普通、友達の下着が見えることを自慢する？」

「……友達だと、思っているのですわよね？」

疑念の視線を向けるアナベラとブリジットに対し、ケイティは何を言っているんだと、胸を張ってこたえる。

「友達ですよ。それ以外の何だって言うんですか！」

憤慨した様子のケイティ。

一方でアナベラとブリジットは顔を見合わせ……そして握手を交わす。

「ケイティさんの魔の手から、守らなければなりませんわね」

「同感ね。このままではフェリシアが危ないもの」

「ちょ、ちょっと……な、何なんですか？　ま、まるで私が、おかしいみたいじゃないですか！　ご、誤解があります。誤解が！」

必死に弁明しようとするケイティと、友情を深め合うアナベラとブリジットの二人。

さて、そんな時だった。

「ん？　お前ら、まだそんなところにいたのか？　湯冷めするぞ」

タオルで体を拭きながらフェリシアがやってきた。

女同士だからか、体を全く隠していない。

「フェリシアさん、ダメですわ！　ちゃんと隠さないと！」

「そうよ……この世にはね、人畜無害なフリをした狼がいるのよ！」

慌ててフェリシアのもとへ駆け寄り、体を隠すように伝えるアナベラとブリジット。

「な、何なんですか！　私は普通です！」

そして半泣きで叫ぶケイティ。

（何なんだ？）

フェリシアは不思議そうに首を傾げるのだった。

※

フェリシアが図書館に忍び込んだ日からしばらく。

秋も深まり、肌寒くなってきた日のこと。

「フェリシア、ちょっと良いか？」

「ん？　何だ？」

練習後、アーチボルトに呼び出されたフェリシアは首を傾げる。

「いや、大したことではないが……最近、何か悩みごとでもあるのか？」

「悩みごと？　……別に特にないな」

「いや、俺の気のせいなら良いが……体調には気を付けるんだ。今の時期は風邪も引きやすい」

「ああ、分かった」

フェリシアは頷き……

そしてアーチボルトが去ってから小声で呟く。

「察しが良いにも程がある」

魔法学園は週休二日制だ。

そんな休日のある日、フェリシアは魔法学園の中庭にあるベンチに一人で座り、本を開いていた。

もっとも、視線こそ本の文字を追っているものの……

その思考は本の外側、己の内側へと向かっていた。

「あの時の……あの感覚。一体、どうすればまた摑めるんだ……」

以前、アナベラをチンピラから助けた時。

あの時、フェリシアが扱った魔法……否、**魔法**。

あれこそが、マーリンが言うところの「**真の魔法**」であり、真の魔導師の入り口であるとフェリシアは認識していた。

だが、どうすればあれがまたできるのか、分からない。

そもそもあれが何だったのかすら、分からない。

それをひたすらに考えていた。

「私が思った通りに、私の都合の良いように、世界そのものが書き換わった。おそらく、このローブと同じ……」

マーリンから受け取ったローブ、自分が身に纏うローブをフェリシアは軽く手で撫でた。

これもまた、同様だ。

理屈やら理論やらを無視して、〝そういうもの〟として作られている。

「万能の力、神に等しい力……というほどのものでもないかぁ……」

もしそうなら、マーリンはとっくに「争いと貧困の根絶」を成し遂げている。

それを成し遂げるほどの力がまだないから、あそこで研究を続けているのだろう。

もっとも……若い頃の目標と今の目標が異なるだけなのかもしれないが。

「万能の力じゃない以上、何かしらの制限があるんだ。そして研究の余地がある。つまり法則や理論があるんだ。ただ……私にはそれが見えていない。理解できていない。だから摩訶不思議な力に見える……」

例えば、過去、既に起こった事象には干渉できない。

これは可能性としてはあり得る。

フェリシア・フローレンス・アルスタシアという人間の存在を否定すれば、否、存在を否定せずとも、例えば「家が没落したという過去に起こった出来事」を変えるだけでも、今のフェリシアが自己と認識しているフェリシアは存在しなくなる。

現在のフェリシアが、過去のフェリシアを消滅させることはできない。

矛盾が生じるからだ。

「どのような制限があるのかを考えると……大枠が見えてくるような……」

と、フェリシアは考えに考えて……

「あぁぁぁぁ!!　分からない！！！」

その美しい金髪を掻きむしりながら、フェリシアは叫んだ。

そんな感じでフェリシアの頭が沸騰しそうになっているところに……

「おい、フェリシア」

ふと、声を掛けられた。

誰かと思い顔を上げると……それはマルカムだった。

「何しているんだ？」

「……見て分からないか？　本を読んでいるんだ」

頭を掻きむしっているところを見られた恥ずかしさからか、フェリシアは目を逸らしながらそう言った。

するとマルカムは……

「貰った！」

本をフェリシアの手から毟り取った。

「お、おい、ちょっと……」

「返してほしかったら、ここまで来な!!」

脱兎のごとく逃げ出すマルカム。

そのあまりの逃げ足の速さにフェリシアは呆然とするしかない。

「……ガキかよ」

思わず呟く。

それからニヤリとフェリシアは笑みを浮かべた。

「そう言えば、お前とは喧嘩をする約束をしたけど……まだしてなかったな」

フェリシアは全身に魔力を込める。

特に足を中心に、筋力を強化する。

「待てぇ!!」

全速力で走りだした。

一方、マルカムは……

「くそ、もう追いかけてきたか……でも、追いかけっこなら、俺の方が速い‼」

身体能力強化の魔法は全身に流す魔力量と、元の身体能力によって効力が変わる。

フェリシアとマルカムでは言うまでもなくフェリシアの方が、魔法の腕は優れているが……

全身に流せる魔力量は先天的な素養であり、こちらはどちらも大差はない。

そして筋力は男子であるマルカムの方が上だ。

どんどんフェリシアを引き離していく。

「はは、どうだ……って、嘘だろ⁉」

が、しかし一度は引き離したはずのフェリシアはすぐに追いついてきた。

杖(つえ)に跨(また)がり、空を飛びながら。

「嘘だろ？　魔導具なしで空って飛べんのかよ！　っていうか、いつもより速いし……」

空を飛ぶ魔法は実はかなり高度な技術だ。

ラグブライで空を飛ぶことができるのは、飛行用の魔導具を用いているからである。

だがフェリシアがその気になれば、ラグブライで飛ぶよりも速く空を飛ぶことができる。

ラグブライの試合では魔法使用にはルール上の制限があるが……

制限さえなければ、フェリシアに勝てる者は少ない。

「待ちやがれぇ!!」

「く、くそ……こうなったら!!」

マルカムは杖を構え、フェリシアに立ち向かう姿勢を見せる。

一方フェリシアは杖に跨ったまま、真っ直ぐ突っ込んでくる。

「ちょ、やっぱ、ムリ、ぎゃあああ!!」

「捕まえた!!」

もちろん、高速で突っ込んでくるフェリシアを受け止められるはずもなく、両者は衝突（しょうとつ）した。

ぐるぐると回転しながら、二人は草原の上を転がる。

「観念しろ!!」

「つく、そう簡単に負けてたまるか!!」

草原の上で揉み合いの喧嘩になる。

互いに服を掴み合い、相手を押さえ込もうとする。

しかしそんなことをしていれば当然……

「つきゃ！」

フェリシアが悲鳴を上げた。

マルカムの指が胸に触れてしまったのだ。

フェリシアの顔が恥辱と怒りで真っ赤に染まる。

「どこ触ってんだ、この変態‼」

「い、いや、今のは事故で……っぎゃ、痛い！　痛い！　降参、降参する‼」

動揺したマルカムはあっという間にフェリシアに関節を極められ、取り押さえられた。

フェリシアはマルカムの手から本を毟り取る。

そしてマルカムの上から離れ、立ち上がり、泥を払う。

「全くおかげで汚れちゃったぞ」

「いてて……相変わらず、容赦ない……」

一方マルカムもふらふらと立ち上がる。

そんなマルカムに対し、フェリシアは腕を組み、眉を吊り上げて問い詰める。

「何を考えてるんだ！　……ま、まさか、私の胸を……」

両手で体を抱きながら後退るフェリシアに対し、マルカムは弁明する。

「ち、違う！　あ、あれは事故だ！」

「でも、本を盗ったのは故意だろ？」

「い、いや……気分転換になるかなと思って」

フェリシアは首を傾げる。

「気分転換？」

「最近、何か元気がなかったからさ。さっきも酷い顔をしていたし。いや、でも良かった。元気が戻って何よりだ」

ニヤリと笑うマルカム。

これにはフェリシアも思わず頬を掻く。

「そうか……いや、ありがとう。それと、ごめん……心配かけたみたいだな。うん、さっきよりも元気は出た」

「それは良かった」

「でも、手段は選んで欲しいというか……胸を触るのは、ちょっと……」

頬を赤らめて言うフェリシアに対し、マルカムは首を大きく横に振る。

「ち、違う！　あれは事故だ！」

「ふふ……分かっているさ」

フェリシアは快活に笑った。

先程までの暗い表情は消えてなくなっている。

「でも、次触ったら許さないからな。反省しろ」

「あ、はい……本当に、すみませんでした」

さて、その夜。

「……柔らかかったな」

マルカムはじっと自分の手を握っていた。

するとルームメイトのクリストファーは眉を顰める。

「何、手を見つめて、ニヤニヤしているんだ？　気持ちが悪い」

「に、ニヤニヤなんて、してねぇよ!!」

「……本当に変な奴だな」

※

我々の生活というものは、農業のような生産活動、特に食糧生産によって支えられている。

故に食糧生産活動の手法が異なれば、社会や文化もまた異なってくる。

法律や家族、国家、文化、宗教、言語などの社会構造の差異とは、このような食糧生産活動の差異による物である。

即ち、下部構造は上部構造を規定する。

もちろん、極まれに法律や文化、宗教が食糧生産の手法に影響を与えることがあるが、それは単なる例外的かつ限定的な現象に過ぎず、普遍的な一例ではない。

そしてこれは自然法則と魔法法則にも、同じことが当て嵌まるのではないだろうか。

つまり我々が扱う魔法という技術は、あくまで自然法則を土台として成立している上部構造に過ぎないのだ。

事実として、雲や風の動き、季節の移り変わり、星々や天体の運行には確実な法則性があり、我々人間はそこに手を加えることができない。

魔法法則はあくまで神が造りし自然法則を土台として成立しているに過ぎず、我々人間もまたそのような自然法則の一部であり、特別な存在ではない。

即ち、魔法とは自然を支配するために神が人間に与えた奇蹟であり、それ故に魔法法則は自然法則に優越するという神聖十字教会の解釈は、全くの誤りである。

「……そりゃあ、禁書になるだろう」

持ち出したばかりの禁書を読み終えたフェリシアは思わず苦笑いを浮かべた。

最近、フェリシアは禁書庫にある書籍のうち、マーリン以外の著者によるものにも手を出し始めた。

これもそのうちの一つだ。

「これを読むと、師匠はズバズバ言っているように見えて、かなり配慮してたんだな……」

初めてマーリンの講義を受けた時、フェリシアは「なんて過激なことを言う人だ」と思ったものだ。

というのも、彼女の教えには一般的な常識、つまり教会の公式見解とは異なるものが多かったからだ。

こんなことを言っても良いのか……と、昔のフェリシアは戦慄したものだ。

それからしばらくして、彼女が書いた書籍のうち「禁書」指定された物を読み、「あれでも師匠なりに抑えた方だったのか……」と震えたものだが……

今回、読んだ書籍はそれ以上の物だった。

あくまでマーリンは「私はこう考えている」に留めているのに対し、この本の著者は「教会は誤っている」と名指しで否定・批判しているのだ。

また、ある特定人物の説を批判する際、マーリンは「このように主張する者もいるが」と具体的人物名は出さないのに対し、この本の著者は「〇〇氏はこのように主張しているが」と、明確にその人物名を記してしまう。

それが教科書にも載るような、高名な聖職者や貴族でもお構いなしだ。

なお、批判されている者の中にはアンブローズ・マーリン氏もいた。

「師匠とは仲が良かったのかな……？」

今から思い返してみれば、であるがマーリンが批判の対象とする「このように主張する者」のうちの一人は、この本の著者のようであった。

つまりマーリンとこの本の著者は、本（禁書指定）を介して舌戦を繰り広げるような関係だったらしい。

「モーガン・ル・フェイねぇ……」

どんな人物なのだろうか？　とフェリシアは一人首を傾げ……

と、そのタイミングで強い風が吹いた。

フェリシアは思わず身を震わせる。

「はぁ……しかし寒いな」

フェリシアは悴んだ手に息を吹きかける。

季節は晩秋に達し、外で読書をするには涼しすぎる（というよりは寒い）季節になっていた。

屋内で読めば良いのではないか……と思うかもしれないが、人目があるような場所で、このような危険な本を読むことはできない。

えっちな本を読んでいるところを見られるくらいなら醜聞が立つ程度で済むが、この本の場合は火炙りだろう。

自室でも読めない。

というのも一度だけ、ケイティに本を覗き見られ、「私と同じ部屋でそんな物騒な物を読まないでください」と青い顔で怒られてしまったからである。

「どこか、良い場所ないかなぁ……」

「それならワシが知っておるぞ、フェリシア」

「本当か⁉　って、げぇ‼」

フェリシアは咄嗟に本を庇った。

そして大きく飛び退き、真っ青な顔で首を左右に振る。

「べ、別にあ、怪しいものを読んでないです。こ、校長先生」

「そう怯えることもなかろうて」

白い髭を蓄えた老人――魔法学園、学園長・校長、オズワルド・ホーリーランド――は愉快そうに笑った。

「取って食ったりはせんよ」

「……本当ですか？」

「もし君を罰するなら、とっくに罰しておるじゃろう？」

「……何もかも、お見通しだったってわけですか」

どうやらフェリシアの禁書庫侵入も無断拝借も、ホーリーランド校長にはバレていたようだ。

そのことに気付いたフェリシアは、バツの悪そうな顔でホーリーランド校長のところへと歩いていく。

そしてムスッとした顔で宣言した。

「反省も後悔もしてないですし、やめろって言われても、やめませんから」

「ふぉふぉふぉ……素直で結構なことじゃな」

そう言ってホーリーランド校長はフェリシアの頭を撫でた。

フェリシアは困惑した表情を浮かべる。

怒られると思ったこともあるが……実は頭を撫でられたりというような子供扱いは久

しぶりだ。

父親はあの様で、母親の場合は……フェリシアの方がしっかりしていて、どちらかと言えばフェリシアが保護者のようなものだった。

そしてマーリンはフェリシアを甘やかすような真似は一切しない。

そのため少しの違和感と困惑、ちょっとした心地の良さを感じていた。

「怒らないのですか？」

「ワシも昔はいろいろ、ヤンチャしたものじゃ」

パチッとウィンクをするホーリーランド校長。

ウィンクは下手くそなんだなと、フェリシアは思った。

「もちろん、危険な魔導書には手を出してはいかんぞ？　……もし自分の手に負えないと判断したら、体に不調を感じたら、すぐにワシに言うのじゃ。命が一番、大事じゃからな」

「自分の実力はよく弁えています、先生」

「結構なことじゃな。……では、付いてきなさい。良い場所を教えてあげよう」

フェリシアは黙ってホーリーランド校長に付いていく。

校舎に入り……鏡の廊下と呼ばれる、大量の鏡が立ち並ぶ廊下を歩いていく。

そして十三番目の鏡の前に立ち、手で鏡面に触れる。

「『開け　ゴマ』」

するとホーリーランド校長の手が鏡の中へと沈んだ。

「この中じゃ」

「は、はい」

鏡の中へと入っていくホーリーランド校長の後を、フェリシアは追う。

が、ゴツンと鏡に額をぶつけた。

「痛い……なるほど。合言葉で出入りできる論理結界か……にしても、安直な合言葉だな。『開け　ゴマ』」

そしてフェリシアはホーリーランド校長の後に続く。

「おお、結構広い。本棚とソファー、暖炉もあるぜ。……埃被っているけど」

「ここは昔、ワシらが秘密基地として使った場所じゃ。こう見えて通気性もしっかりしているから、魔力が籠もることもないし、危険な薬品も扱える。君に譲ろう。好きに使いたまえ」

「あ、ありがとうございます！」

掃除の必要はあるが……中々居心地が良さそうだ。

それにここでなら、人目のあるところではできないような作業もできる。

何より秘密基地というのが、フェリシアの冒険心を擽る。

（どうせなら、私が先に……一人で見つけたかったけどな）

しかし探せばもしかしたら、似たような物が他にもあるかもしれない。

今度、暇な時にでも探してみようとフェリシアは心に決めた。

「しかし……どうして私にこんなに良くしてくれるんですか？」

「ふむ……まあ、それを話すことは構わないのじゃが……一つ、条件があるのじゃ」

「……何でしょう？」

「もっと、いつも友達にするようにフランクにできんかのぉ。他人行儀だと寂しいんじゃ」

この爺さんは何を言っているんだと、フェリシアは首を傾げた。

「……師匠は、魔導師たるもの礼儀は忘れてはならないとおっしゃっていました。先生や先達には敬語を使うのが、社会的動物としての最低限の常識ではありませんか？」

もっとも、マーリンは自分には敬語は使わなくても良いと言ってくれているのだが。

特に要求がない限りは、フェリシアは目上には一応敬語を使うようにはしている。

正確には目上と認識した相手には、だが。

「ふむふむ、結構なことじゃ。じゃが……ここにはワシとお主しかいない。二人っきりじゃ。ならば、ここにいるのは一人の人間のフェリシアと、オズワルドだけじゃよ」

「そういうことなら、改めて聞くけど。どうして私にこんなに良くしてくれるんだ？」

「うむ……そうじゃな。実は君のことは前から気に掛けておった」

「前から？」

前からというのは入学した時からか、それとも入学前からか、それとももっと前からか。

　フェリシアが疑問に思っていると、すぐにホーリーランド校長は答えてくれた。

「アルスタシア家のことは非常に残念に思っておった。アルスタシア卿も、アルスタシア夫人も、ワシの大切な教え子じゃ。……没落したとはいえ、それなりの資産は残っていたようじゃから、暮らしていけると思い込んでおったのじゃが、まさかあそこまで酷いことになっておったとは、思っておらんかった。君を助けてあげられず、申し訳なく思っておる」

　そう言ってホーリーランド校長は頭を下げた。

　これにはフェリシアも慌てる。

「あ、頭を上げてください……じゃなかった、上げてくれ。先生は悪くない……それに先生にも立場があるだろ？　仕方がないことだ」

　一応、アルスタシア家は罪人として貴族の地位を失ったのだ。

　それを仮にも魔法学園の校長が庇ったり、助けたりするわけにはいかない。

「うむ……君は本当にしっかりしている。じゃが、子供なのだから、もう少し物分かりが悪くても、我が儘を言っても良いのじゃよ？」

「なら、遠慮なく禁書庫には入らせてもらう。……それで、父さんと母さんが教え子だから、という理由でこんなにも私に優しくしてくれるのか？　何と言うか、別に私みたいに厳しい環境の生徒は、珍しいかもしれないけど、決していないわけじゃないと思うけどな。本当にそれだけなのか？」

フェリシアが尋ねると、ホーリーランド校長は頷いた。

「そうじゃなぁ……最大の理由はやはり君がチェルシーの弟子だからじゃよ」

「チェルシー？」

フェリシアは首を傾げた。

チェルシーなどという人物は聞いたこともない。

「マーリンの本名じゃよ。チェルシー・アドキンズ。『アンブローズ・マーリン』の名は、彼女が師から与えられたものじゃ」

「し、知らなかった……」

しかし言われてみると「アンブローズ・マーリン」は少々、偽名臭かった。

女性なのに「アンブローズ・マーリン」という男性のような名前はおかしいとフェリシアは思っていたが、ちゃんと可愛らしい本名を持っていたようだ。

「それでチェルシーはワシのことを何と言っておったかのぉ……」

「あー……立派な魔導師だって、言ってたな」

不老になることを拒む、愚かな死に損ない。

聖人に憧れる馬鹿な賢人。

臆病者。

などと、割とボロクソに言っていたなと思い返しつつ、まさかそれをそのまま言えないので、フェリシアは適当に濁した。

「その様子じゃと、死に損ないの老いぼれとか、散々言ってくれているようじゃなぁ。若作りの婆さんに言われとうないわと、伝えておいてもらえんかの？」

「ぜ、善処する……」

フェリシアは曖昧に頷いた。

中々面倒な手土産ができてしまった。

「チェルシーめが弟子を取ったと聞いた時は、仰天したわい。しかも手紙で、『子供に分かりやすく教える方法を教えろ』などと言ってくるんじゃから……槍でも降ってくるかと思うたわ」

「……もし、問題の答えを間違えたら杖で殴るなんて教育方法を師匠に伝授したのがあんたなら、ちょっと恨むな」

「うーむ、ワシは優しく、根気よく教えてあげなさいと伝えたのじゃが。どうやらワシのアドバイスはあまり参考にしてくれなかったようじゃな」

「うーん、まあでも根気よく教えてくれたとは思うから、無駄にはなってないかな……？」

殴られたには殴られたが、何だかんだで教えてくれたとフェリシアは思い返しながら言った。

不器用だが弟子思いの師であることは、フェリシアが一番知っている。

「それは良かった。しかしあのチェルシーの弟子じゃ。どんな偏屈な性格をした生徒かと身構えてみれば、こんな元気一杯の女の子じゃ。まるでチェルシーとは正反対の性格で、びっくりじゃよ。それにアルスタシア家の娘ときた。全く、長生きはするもんじゃ」

「うーん、師匠と正反対かぁー。それは良かった」

「……ふむ、どうしてじゃ？　師と同じ方が良いとは思わないのかのぉ？」

「師匠と同じじゃ、師匠の二番煎じじゃないか。私は師匠の劣化コピーになるつもりなんて、ないんだ。私は私の道を行く」

フェリシアは快活に笑った。

ホーリーランド校長は目を丸くしたが、なるほどと呟いた。

「チェルシーが気に入るわけじゃな……」

「ん？　どうした？」

「何でもない……やはり、魔導師を目指すのかの？」

「それはちょっと、語弊があるな」

フェリシアは首を左右に振った。

「私の目指す生き方の過程に、魔導師があるってだけだ。だから魔導師に拘りはない。まあ……魔導師が分かりやすい目標だから、目指しているというのは間違いじゃないけど」

「ふむ……チェルシーのようになる、というわけでもないのかの？」

「師匠には憧れる。でも、師匠と同じ道を歩んだら、それこそ師匠の二番煎じだ。私は私の頭で考えて、道を選ぶ。まあ……選んだ結果、師匠と同じ道を歩くことになるかもしれないけど、それは間違いなく私の道だ」

フェリシアは胸を張って答えた。

ホーリーランド校長は目を細めた。

「素晴らしい志じゃな」

「そう言ってくれると嬉しいけど……でも、まだ指針は何にも決まってないな」

「フォッフォッ……まだ君は若いんじゃ。そうすぐに決める必要はないじゃろう。若いうちは、将来の夢なんてものはコロコロ変わるのが当たり前じゃよ。この学園で良く学びなさい。卒業する頃には、定まってくるじゃろう」

そう言ってからホーリーランド校長は踵を返す。

「そろそろ、ワシは退散しよう。やらねばならん仕事があるのでな」

その場から立ち去るホーリーランド校長。

フェリシアは彼が立ち去ってから、一人首を傾げるのだった。

「どうして、老化を止めないんだろ？」

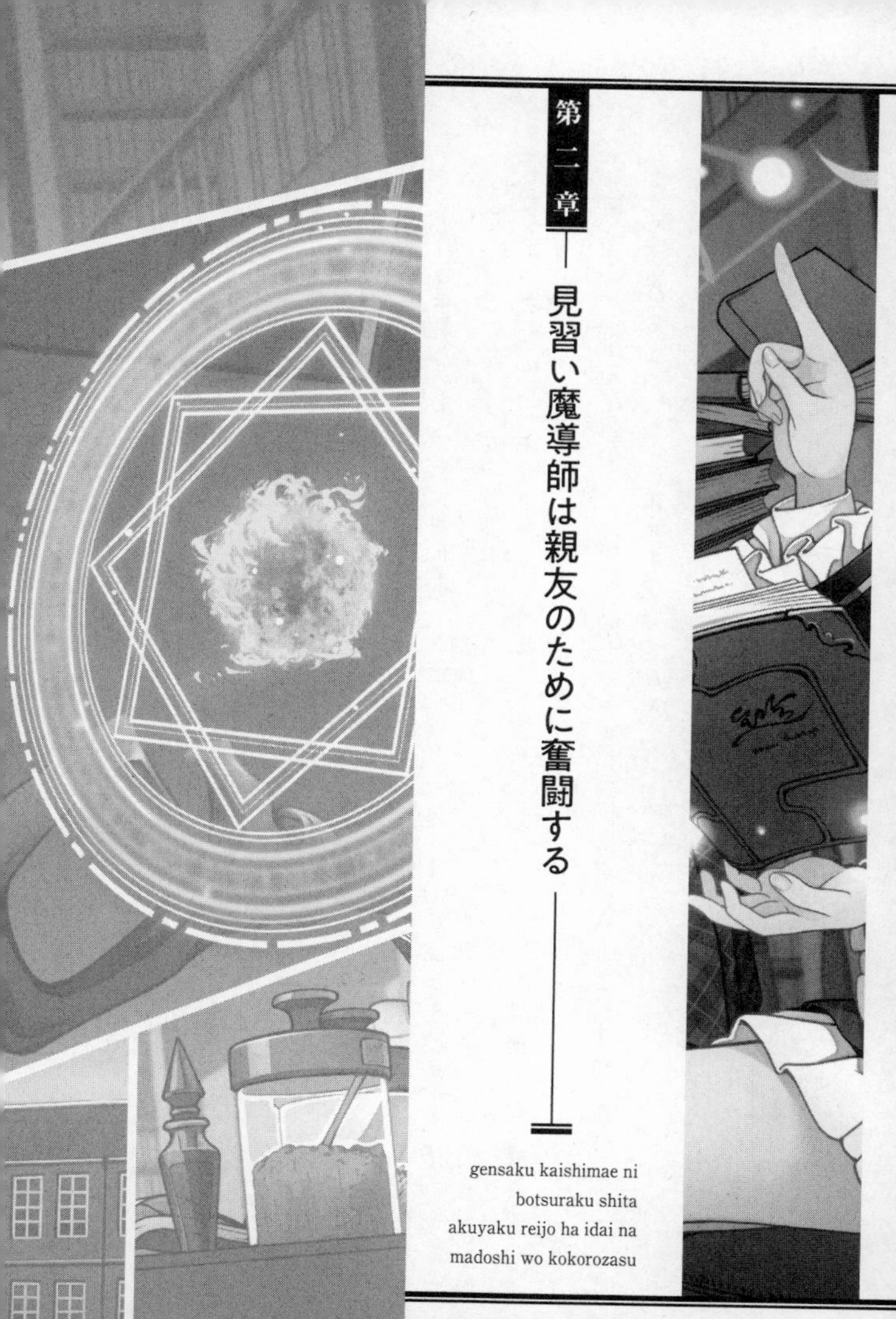

第二章 見習い魔導師は親友のために奮闘する

gensaku kaishimae ni
botsuraku shita
akuyaku reijo ha idai na
madoshi wo kokorozasu

秋も過ぎ去り、冬に差し掛かった頃。

魔法学園全体はそわそわした空気に包まれていた。

それもそのはず。

「あと一週間で学園祭だ」

ライジングの副キャプテン、アーチボルトは朝の練習が始まる前のミーティングでそう言った。

一応、彼は副キャプテンということになっているが、実は事実上のキャプテンとなっている。

というのも本来のキャプテンであるマーティン・アシュリーが卒業を控え、本格的に忙しくなり、ライジングで活動するのが厳しくなってきたからだ。

そこで来年から正式にキャプテンとなるアーチボルトへ、現在その職務の引き継ぎが行われている。

「そこで、これから一週間、一日に一時間だけ学園祭の練習を行うことにする。質問は？」

やや興味なさそうにアーチボルトは言った。

学園祭は主に文化系サークルや部活が主役となる、魔法学園の大イベントの一つ。

大イベントなので楽しいには楽しいが……。

ライジングのようなラグブライのサークルや部活、チームには出番はない。

もちろん、やろうと思えばできるが……そんな時間があるなら練習して強くなりたいというのがアーチボルトとチームメイトたちの総意である。

「質問、良いか？」

「どうした、フェリシア」

「私たち一年生は、何をやるのか知らないと思って」

「ああ、説明がまだだったな」

アーチボルトはポンと手を打った。

ラグブライに学校生活を捧げている彼は、それ以外のことには無頓着だ。

「ちょっとしたパフォーマンスをするのが例年通りだ」

「パフォーマンス？」

「編隊飛行や陣形、パス回しなんかを綺麗に見せるということだ。まあ、それなりに受けは良いし、練習にもなる」

アーチボルトが言うにはライジングもノーブルも、それ以外のチームもそのパフォーマンスを行うようだ。

一応、審査員もいて、より高い点数を取ったチームが優勝となる。

もっとも、ラグブライの試合における優勝の栄誉と比べればそんなものはどうだって良いのだが。

「他に質問は？」

「私はないな」

他のチームメイトからも特に質問はなかった。

そのため、すぐにライジングは練習を開始した。


さて、それから数時間後の体育の授業。

「いやー、なんかみんな学園祭に忙しそうだと、置いていかれたような気持ちになるなぁ」

マット運動の順番待ちの最中にフェリシアはポツリと呟いた。

実は運動系サークルと文化系サークルの二つを掛け持ちしている生徒は少なくなく、学園祭の準備に忙しくしている生徒はかなり多い。

「確か、お前たちも掛け持ちしているんだよな？」

「私は園芸部に入っています」

「お料理研究会と手芸部に……まあ、たまに顔を出すくらいだけどね」

ケイティとアナベラはそれぞれ答えた。

マネージャーは選手たちほど忙しいわけではなく、代わりが利くので文化系サークルとの掛け持ちは難しくない。

もっとも、どの程度熱心に参加しているかは人による。

……アナベラはおそらく幽霊部員なのだろう。

「キャロルとクラリッサは管弦楽部だっけ？　ブリジットもそうだったよな」

フェリシアはブリジットと同様の幼馴染(おさななじ)みである二人に話しかけた。

キャロルは背がやや低く茶髪にそばかすが印象的な少女で、クラリッサは黒髪で背が高くひょろっとしている。

以前、ブリジットと共にフェリシアをいじめようと目論(もくろ)み返り討ちに遭った二人は、今ではブリジットと同様にフェリシアとの関係を改善させている。

「ええ、そうですの！　この日のために、頑張って練習しましたわ」

「だから聞きに来てくれると嬉しいですわ」

「もちろん、言われなくとも聞きに行くよ。友達の晴れ舞台だしな」

クラリッサとキャロルに対して、フェリシアは親指を突き出して言った。

それから尋(たず)ねる。

「そう言えば、何の楽器を演奏するんだ？　いろいろ種類があるよな？」

「私はフルート、キャロルさんはチェロ、ブリジットさんはヴァイオリンですわ。そうですわよね？　ブリジットさん……？」

今までずっと押し黙っていたブリジットに対し話題を振るクラリッサだが……

ようやく、ブリジットの様子がおかしいことに気付く。

「おい、ブリジット。顔がちょっと赤いが、大丈夫か？」

フェリシアが心配そうに尋ねると、ブリジットは小さく頷(うなず)いた。

「え、ええ……大丈夫ですわ」

「そうか？　……無理そうならちゃんと言えよ。今は大事な時なんだからさ」

「は、はい……分かっていますわ。ご安心を……大した事、ありませんもの」

ブリジットはそう言って力なく笑った。

フェリシアは医者ではないため、ブリジットに「大丈夫だ」と言われればそれを信じるしかなく、ムリに保健室へと連れて行くことはできない。

「そう言えば、フェリシアさんもヴァイオリンがお上手ですよね」

ケイティが新たな話題を振った。

フェリシアはヴァイオリンを弾くのが得意で、管弦楽部にも勧誘されたことがあるほどだ。

もっとも、ラグブライとマーリンからの課題で忙しいフェリシアには文化系のサークルや部活に入る暇はないのだ。

「まあ……でも専門でやっているブリジットたちほどじゃない。あくまで没落する前に家庭教師から習ったのと、あと師匠から教わったくらいだからな。最低限の基礎教養として」

「……き、基礎教養」

フェリシアの言葉に反応したのはアナベラだ。

どんよりとした表情を浮かべている。

「私……全然、楽器(がっき)、弾けないのよね」

「ま、まあ……人間、苦手なものは誰にもある」

「う、うん……カスタネットなら自信あるんだけど」

これにはケイティとフェリシアは苦笑するしかない。

「……カスタネットって、赤ちゃんレベルじゃないですか」

「苦手なら苦手なりに、ちょっとは練習した方が良いな。実技は落第がない代わりに補習があるし。……おっと、私の番が来た」

しゃべっている間にフェリシアの順番が回ってきた。

マット運動ではそれぞれの習熟度に合わせて、自由に技を披露する。

実際のところ生徒の運動不足解消が目的なので、最低限真面目にやっていれば成績では秀が貰える。

そのため多くの生徒たちは簡単で、かつ安全な技を選ぶのだが……

もちろん、フェリシアがそんな妥協をするはずもない。

「よし、行くぜ！」

助走をつけて走り出し、ロンダートから見事なバク転を成功させてみせた。

これには他の生徒たちも、思わず見惚れてしまう。

「ふふ、どんなもんだ」

目立ちたがり屋なフェリシアはアナベラたちの方へピースをして満面の笑みを浮かべる。そして列の最後尾に着くために移動する。

そしてフェリシアの次に順番が回ってきたブリジットはゆっくりとマットの上に歩いていき……

倒れた。

「お、おい！　大丈夫か!!」

とっさに駆け出したのはフェリシアだった。

フェリシアは額に手を当て、そして目を見開く。

「す、すごい熱だ……せ、先生！」

「誰か、担架を持ってきなさい！」

フェリシアに呼びかけられてハッとした教師はそう生徒に命じると、ブリジットのもとへと駆け寄ってきた。

フェリシアはブリジットを教師に託す。

(……大した事なければ、良いんだけどな)

フェリシアは心配そうにブリジットを見つめた。

「五日熱だって!?」

授業が終わった後、保健室に見舞いに訪れたフェリシアは女性医師の言葉に目を見開いた。

アナベラが首を傾げる。

「……五日熱って、何？」

「五日熱ってのは、約五日間高熱が続く病気だ。まあ、死ぬような病気じゃないし、基本的に五日程度で治るから、重病ってわけじゃないが……学園祭までに間に合うか……」

「ダメに決まっているでしょう」

ブツブツと呟くフェリシアに医師はそう言った。

「五日熱の病み上がりに楽器の演奏なんて、私が絶対に許しませんからね」

「そんな……先生、ブリジットはこの日のために、練習をしてきたんです」

「そ、そうです。ブリジットさんは……」

「どうか、お願いします！」

フェリシア、ケイティ、アナベラの三人は医師に頼むが……彼女は首を左右に振るだけだった。

「ダメと言ったら、ダメです。……まあ、魔法薬があれば別だけれど」

「そうだ！　五日熱には特効薬になる魔法薬があったじゃないか!!　あれなら二日まで短縮できる!!　先生、ないんですか？」

「五日熱は珍しい病気だから、置いていないのよ。取り寄せることはできるけど……間に合わないわね」

仮に学園祭に間に合わせるのであれば、体力の回復を考慮に入れて、今日から三日以内に飲ませたいところだ。

「けほっ、けほっ……フェリシアさん」

「安静にしていなさい！」

ベッドから起き上がろうとするブリジットを、女性医師は再び寝かす。

だがブリジットは弱々しい力で抵抗する。

「ま、待って……けほっ、フェリシアさん、頼みが、ありますの」

「な、何だ！　何だって言ってくれ！」

「私の代わりに、演奏会に出て、もらえませんかしら？」

「な、何を言って……できるわけないだろ！」

確かにフェリシアはヴァイオリンは弾ける。

だが演奏会となれば、周囲に合わせなければならない。フェリシアはそんな訓練をしていないため、到底できるとは思えない。

「フェリシアさんなら、できますわ……」

「い、いや……でも、お前、頑張ってただろ！」

「私は、良いんですの。来年が、ありますもの……」

ブリジットは縋るように、フェリシアを見た。

「先輩方の中には、今年が最後の方もいらっしゃいますの。……迷惑を掛けたくありませんわ」

「……クソ。やれば、良いんだろ、やれば！」

フェリシアは乱暴に答えた。

ブリジットは嬉しそうに笑った。

放課後。

フェリシアは管弦楽部の練習に参加した。

最初こそはぎこちなく、周囲に合わせることもできなかったが……

「まさか、三時間でここまで合わせられるようになるなんて……君は凄(すご)いね」

「こんなの、まだまだだ。これじゃあ、ブリジットの、空いた穴は埋まらないだろう？」

周囲についていくことはできるようになったが、それで精一杯。

到底、ブリジットの代わりにはなれないとフェリシアは首を左右に振る。

「それは……仕方がない。こればかりは、仕方がないことだ。僕らも……君に多くは求めない」

少し悔(くや)しそうに部長は言った。

その表情を見たフェリシアは……乱暴に髪を掻(か)きむしり、大きな声を上げた。

「ああ、もう、やめだやめだ！　私には務(つと)まらない！」

「ま、待ってくれ！　君がいないと……」

「要するに、ブリジットが治れば良いんだろ⁉」

そしてフェリシアは啖呵(たんか)を切った。

「三日以内に、五日熱を治せる魔法薬を作れば良い。そうすれば解決だ！」

※

「というわけで、材料を分けてください」

「君は正気か？　フェリシア・フローレンス・アルスタシア」

学園の倉庫にやってきて、前代未聞の要求をしてきた〝問題児〟に対し、年若い男性教師は言った。

目つきはお世辞にも良くなく、表情も硬く、声も冷たい。

クリストファーを濃縮して、より気難しくしたような人物だ。

彼はロンディニア魔法学園講師、ジョン・ジャック・バーノンである。

この学園で一番年若い教師である彼は、雑用を任されることが多く、学園で管理されている薬草や鉱物、生物の素材などの管理・保管・分類は彼が行っている。

なお、彼は入学試験の時にフェリシアを正当に評価した教師の一人――より詳しく言えば「諸君らの目はガラス玉かね？」と暴言を言い放った男――である。

入学当初はフェリシアのことをそれなりに好ましく思っていたバーノン講師ではあるが、すでに学園一の〝問題児〟の称号を得るに至ったフェリシアに対し、現在は「厄介ごとを起こす面倒な生徒」という認識を抱いていた。

ちなみに余談であるが、彼は「乙女ゲーム」における攻略対象の一人だ。

相当な〝ツンデレ〟であると有名である。

「……私はこの学園に就職し、三年はこの仕事を務めているが、そのような要求は前代未聞だ」

「何事も最初は前代未聞ですよ」

「そういう問題ではない。……薬草や鉱物は決して安くはない。浪費させるわけにはいかないし……それに確かに君は優秀だが、有り合わせの材料で五日熱の薬を作れるとは思えない」

フェリシアは非常に優秀な生徒で、特にマーリンから教えを受けただけのことはあり、錬金術に関しては優れた能力を示している。

その実力は学生のレベルを超え、錬金術の学者たち、バーノン講師のような学園の教師に迫るほどだ。

……しかし、そこまでだ。

簡単な傷薬程度ならばともかくとして、非常に高度で複雑な調合や計算が必要となる病気に関する魔法薬、特に最高難易度を誇るとも言われる五日熱の魔法薬の〝新レシピ〟を数日で作り出せるはずがない。

しかし……

「きひひ……面白いことを言う小娘だねぇ」

背後から声が聞こえた。

二人が振り向くと、倉庫の出入り口に醜い姿の老婆が立っていた。

鉤鼻で、顔中が皺で覆われ、声はしわがれている。

深くフードを被り、腰は曲がり、古臭い木製のスタッフで体を支えている。

「悪い魔女」を描いてくださいと子供に言えば、十人中十人が描きそうな……そんなある意味珍しい典型的な魔女だ。

錬金科主任、バーバラ・パーキンスは気味の悪い笑い声を立てながら、フェリシアに近づく。

フェリシアとパーキンス教授が話している様は、「美しい姫君」に毒リンゴを食べさせようとする「邪悪な魔女」の構図にしか見えない。

なお、そんな彼女は試験の時にフェリシアを正当に評価した教師の一人だ。

「良い目だねぇ……実に綺麗だよ」

パーキンス教授はフェリシアの頬に触れながら言った。

フェリシアはどういうわけか動くこともできず、パーキンス教授を見つめながら、されるままになるしかない。

それからパーキンス教授はバーノン講師に向き直る。

「好きに使わせておやり。生徒には挑戦の機会をくれてやらないとねぇ」

「しかし、このようなことは……」

「前代未聞なのは、あんたが若すぎるからだよ。あたしはこの学園に百年はいるけどね、こういう生意気なことを言う餓鬼(がき)は何人もいたよ。オズワルド、ローラン、そしてチェルシー……あの餓鬼共には本当に手を焼いたからね。あれに比べれば、ちょっとした夜遊びしかしないこの子はまだ常識的だね」

ホーリーランド校長、ローラン、そしてマーリンを〝餓鬼〟扱いする人はそう多くはないだろう。

が、しかしフェリシアにとってはそれよりも「夜遊び」とパーキンス教授が口にしたことの方が問題だった。

つまりこの老婆には気づかれているということを意味しているのだから。

「待ってください、パーキンス教授。夜遊びとは、具体的に何のことですか？」

「それはこの子に聞いたらどうだい？」

愉快(ゆかい)そうに笑うパーキンス教授。

バーノン講師はじっとフェリシアの方を見た。

フェリシアは目を逸(そ)らす。

「し、知らない。私は良い子だ……早寝早起きは心掛けている。夜更(よふ)かしなんて、しない……しません」

そう言って口笛を吹いて誤魔化す。

バーノン講師はため息をついた。

「しかしですね……」

「あたしは教授で、主任だよ。あんたは新米の講師だ」

魔法学園では講師、助教授、教授の順に教師の地位は高くなる。

講師と助教授の差は研究室を与えられているか与えられていないかであり、助教授と教授の差は権限である。

「職権乱用ですな。そもそも私は校長より、ここの管理を任されているのです。あなたの命令に従う義務は……」

「オズワルドがあたしに文句を言えると思うかい？」

「……はぁ」

バーノン講師は眉間に皺を寄せながら、ため息をついた。

「分かりました、良いでしょう。しかし……条件が必要です。彼女だけ特別扱いというわけにはいかない」

「確かに、それもそうだね。じゃあ、こうしよう……これから半年間、あんたの雑用にこの小娘を扱き使って良いよ。あと、もし調合に失敗して材料を無駄にしたら使用した材料はすべて弁償……どうだい？」

「ふむ……それなら、悪くはありませんな。私も丁度、人手が欲しいと思っていたところです。奴隷……いえ、体の良い雑用係が手に入るのであれば、文句はありません」

フェリシアを無視して話が進んでいく。

内心でフェリシアは「ど、奴隷って……何をさせるつもりだよ」と戦々恐々とするが、しかし今更やっぱりやめますとは言えない。もちろん、言うつもりもないが。

「そういうわけだ。好きに使いな、小娘。ああ、そうそう。これは特別授業ということにしてあげるから、授業の出欠席は気にしなくて良いよ。目一杯時間を使うんだね」

「……ありがとうございます、パーキンス先生」

「きひひ……全く、感謝の気持ちが感じられないねぇ」

そう言うわりには楽しそうにパーキンス教授は笑った。

そして用は済んだと言わんばかりに踵を返し、倉庫の外へと歩き出す。

「成功するならば、それでよし。失敗するにしても、良い経験になるだろうよ。きひひ……」

パーキンス教授は気味の悪い声を上げながら、立ち去った。

それからバーノン講師はフェリシアに向き直った。

「そもそも、五日熱の治療薬の正式な作り方は把握しているかね？」

バーノン講師はフェリシアに尋ねた。

フェリシアは小さく頷く、

「五日熱の治療魔法薬は、レシピ通りならば作ったことがあります。必要な成分は把握しているつもりです」

基本的に「レシピ」はその魔法薬を作り出すために、もっとも簡単かつ安価な手順や材料を示したものであり……

逆に言えばコストパフォーマンスを無視すれば、全く異なる材料を用いたとしても同じ効果のものを作り出すことができる。

別にフェリシアは安価な魔法薬を開発するつもりはなく、数日以内にブリジットに飲ませる魔法薬さえできれば良いのだから、コストパフォーマンスなどは無視してしまえば良い。

「通常のレシピで必要な材料は三十二種。この場にないのは、そのうちの十三種。……十三種分の成分を、別の材料で補う必要があるわけだが、あてはあるかね？」

「……なんとかします」

「……ふん、精々頑張りたまえ。調合室は自由に使うと良い。では、私は職務に戻るのでな」

バーノン講師はそう言うとその場から立ち去ってしまう。

フェリシアは目に付いた素材を片っ端(かたぱし)からローブの空間にしまうと、バーノン講師が貸出許可を出してくれた調合室へと入った。

黙々(もくもく)と作業を続け……最初の試作品が出来上がる。

だが……

「ダメだな……やっぱり、足りない成分を補うようなやり方じゃ、ムリがある。根本的に作り方を変えないと」

フェリシアは黒板にチョークを走らせ、魔法式の再構築をしていく。

既存の作り方を改良するようなやり方をするには、あまりにも材料が足りなすぎる。

根本的に新しい製法を開発するつもりでやらなければならない。

「ここを、こうして……いや、でも、違うな。ここをこうする方が……」

魔法式の構築だけで、フェリシアはまず一日を消費した。

二日目。

調合室でフェリシアは目を覚ました。

「くっそ……手の血流が……」

机に突っ伏して寝たせいか、手が酷く痺れていた。

フェリシアは腕を摩りながら、丸一日かけて作り上げた魔法式を睨みつける。

「理論上は……これでイケるはずだ」

再び調合に取り掛かる。

しかし……必要とされる材料が二、三種類の傷薬ならばともかくとして、数十種類の材料を複雑に組み合わせなければならない五日熱の魔法薬となれば、そう簡単にはできない。

「また、失敗だ……」

夕方。

フェリシアは机に突っ伏しながら、嘆いた。

温度や掻き混ぜ方を変えたり、別の材料を入れてみたりと試行錯誤を繰り返しても……錬成が安定してくれないのだ。

「まだ、やっているのかね」

「……バーノン先生か」

いつの間にか、バーノン講師がフェリシアの背後に立っていた。

彼が部屋に入ってきたことにすら気付かないほど、フェリシアは集中していたのだ。

「食事は取ったかね？」

「軽い物なら、胃に入れましたよ」

「ふむふむ……」

一応フェリシアの体を気遣うような様子を見せつつも、しかしあまり気遣ってはいないようだった。

彼の興味はフェリシアが組み立てた魔法式と、数々の失敗作にあった。

「随分と、高価な材料を浪費してくれているな」

「……申し訳ないと、思っていますよ」

「ならば、ちゃんと完成させたまえ。せっかくの素材が、単なるゴミの生産に使われたとなれば、素材たちも報われんだろうからな」

バーノン講師はそうフェリシアに皮肉を言ってから、部屋の外へと向かう。

そして去り際に小さな声で言った。

「……その成分を出したいなら、月食草は細かく切るよりも乱切りにした方が安定する」

「……え？」

「スライムは乾燥したものを用いるより、塩析したものを使いたまえ。その方が君の理論には適っている」

「せ、先生？」

「……見かねただけだ」

そう言ってバーノン講師は立ち去っていった。

「……言われた通り、やってみるか」

フェリシアは再び調合に向かった。

※

「どうだったかい？」

フェリシアの様子を確認し終え、戻ってきたバーノン講師に、パーキンス教授は尋ねた。

「どうもも何も、不可能ですな」

バーノン講師はそう言って鼻を鳴らした。

「理論はすばらしい。ですが、材料と時間があと少し、あと一歩、足りませんな」

魔法薬を作る際に重要なことは、成分の組み合わせである。

よって、レシピ通りの材料がなくとも、別の材料でその成分や似たような効能を組み合わせることができれば、同じ効能の薬は作れる。

が、限界は必ずある。

無から物は作り出せないのだから。

「そうかい。まあ、そうだろうねぇ……ひひひ」

パーキンス教授は愉快そうに笑った。

一方でバーノン講師は眉(まゆ)を顰(ひそ)める。

大人の視点から見れば不可能であっても、子供は一生懸命にやっているのだ。

バーノン講師はそれを笑う気分にはなれない。

「……何か、面白いことが？」

「いやぁ……なに……思わず、想像してしまってね」

パーキンス教授はにやりと、意地悪な笑みを浮かべた。

「もし、その不可能なはずの魔法薬作成を成し遂げてしまったら……あんたがどんな顔をするのかってね」

「……あり得ない仮定に意味はないですな」

「きひひ……」

パーキンス教授は不気味な笑い声を上げた。

※

それから翌日の正午。

フェリシアは走って、バーノン講師の仕事先である倉庫へと向かっていた。

そして彼の姿を見つけると、その服を何度も引っ張りながら呼び立てる。

「先生、先生、先生!!」

「……何だね、私は忙しいのだがね。君が消費した素材の、再発注を行わなければならないんだ」

バーノン講師は眉を顰めながら、鬱陶しそうに言った。

一方、フェリシアは満面の笑みを浮かべた。

「見てください！　できました!!」

「……ふむ、そうか。では、見せてみなさい」

面倒くさそうにバーノン講師はフェリシアから魔法薬の入ったガラス瓶を受け取った。

　最初はどこか呆れた表情だった彼だが、見る見るうちに顔色が変わる。

「少し調べても？」

「どうぞ、どうぞ」

　バーノン講師は魔法薬の一部を試験管に移すと、様々な方法で精査し始めた。

　約一時間、じっくりと調べてから……

「……まさか、そんなはず」

　ブツブツと呟き、そして首を傾げる。

　それからフェリシアに薬を返した。

「できている、な」

　そしてどこか呆然とした表情でそう呟いた。

　一方のフェリシアは嬉しそうにニコニコと笑みを浮かべている。

「飲ませてきて良いですよね？」

「……一応、念のためにネズミに飲ませてからにしなさい」

「すでに終えています。自分でも飲みました」

「……ならば、結構」

　嬉しそうに立ち去っていくフェリシアと、その姿を呆然と見送るバーノン講師。

　そんな二人を見て、パーキンス教授は愉快そうに笑う。

「どういうことですか……これは」

「さあ、あたしもさっぱりだね」

「しらばっくれないでいただきたい。あなたは彼女が……完成できないはずの物を完成させられると知っていた」

パーキンス教授を問い詰めるバーノン講師。

これに対し、パーキンス教授は肩を竦める。

「それを言われてもね。同じことをあたしにしろと言われても、おそらくできないだろうね」

「できなくとも、知っているのではないですか？」

「理屈は知らないよ。現象の名前は知っているけどね」

「……一体、何ですか？」

「魔法だよ」

「あんなものが、魔法なはずないでしょう」

「いいや、魔法だよ。但し……オズワルド、ローラン、そしてチェルシーが扱えるような、魔法だけれどね……きひひひ」

再びパーキンス教授は愉快そうに笑い、そしてはぐらかされたバーノン講師は不愉快そうに眉を顰めるのであった。

※

学園祭、当日。

「第一位、ライジング‼」

「「「うぉおおおお！！！」」」

フェリシアたちは大歓声を上げていた。

互いに手を取り合い、叩き合う。

そして気付くとフェリシアはチームメイトに担（かつ）がれ、胴上げされていた。

「優勝、万歳（ばんざい）！」

「この調子で、校内リーグも勝つぞ‼」

「うぉおお！！！」

「うぉおううぇぇ……き、気持ち悪い……と、とりあえず、お、下ろしてくれないか……」

フェリシアが死にそうな顔で訴えるが、その訴えは大歓声によって掻き消された。

「うう……気持ち悪い」

「いやー、すまないな、フェリシア」

青い顔のフェリシアに対し、アーチボルトは満面の笑みで謝った。

あまりすまなそうではない。

「わ、私を胴上げする必要はあったのか？」

「いや……その場のノリだな」

「まあ、だと思った」

優勝したらとりあえず胴上げしたくなるのが、ラグブライのプレイヤーだ。

丁度、フェリシアは小柄で軽いので、胴上げするには手ごろだったのだろう。

ボール扱いされたフェリシアはため息をついてから、アーチボルトに尋ねる。

「というか……このパフォーマンス大会、勝ったところで意味はないって言ってた割には、嬉しそうだな」

「もちろん。勝ちは勝ちだからな。校内リーグへの景気付けとしては丁度良い。……だからそちらで優勝しなければ、本末転倒だ」

ライジングに一歩及ばなかったノーブルは、校内リーグでは本気で（もちろんいつも本気なのだが、今回ばかりは特にという意味で）来るだろう。

自分たちも負けていられない、とアーチボルトはフェリシアに対して熱く語った。

「なあ、アーチボルト先輩」

「おう、マルカムか。どうした？」

マルカムが会話に割り込んできた。

彼は周囲の様子を窺ってから、小声で尋ねる。

「……打ち上げはあるんだよな？」

「もちろん！　安くて旨い店を予約している」

「……ジュースはあるか？」

「葡萄のジュースと麦のジュースが飲めるぞ」

「よっしゃあ！」

小さくガッツポーズを取るマルカム。

フェリシアは思わず苦笑いを浮かべる。……もちろん、フェリシアもあったら飲む。

「くちゅん……」

「ん？　フェリシア、どうした？　風邪か？」

「いや……ちょっと、急に鼻がムズムズしただけだ」

心配そうに尋ねるマルカムに、フェリシアは何でもないと答える。

それから元気そうないつもの笑みを浮かべる。

「まあ、とりあえず今日は早く寝ることにするぜ」

「お大事にな」

「校内リーグも迫っている。体調には気を付けろよ」

フェリシアはマルカム、アーチボルトに頷くと、アナベラとケイティを捜しに向かった。

「くちゅん……んー、誰か、噂でもしてるのかな？」

フェリシアは小さく首を傾げた。

さて、アナベラやケイティと合流したフェリシアは大講堂へと向かった。

ブリジットが所属する管弦楽部の演奏会があるのだ。

ブリジットは演奏会の調整のために、ラグブライチームによるパフォーマンス大会の現場にはないかったため、ライジングが優勝したことを伝えるためでもある。

「おーい、ブリジット。いるかぁ？」

フェリシアたちは管弦楽部の控室へとやってきた。

部員たちは待ち時間を思い思いに過ごし、コンディションを整えている様子だ。

「おお！　フェリシア君。よく来てくれた!!」

フェリシアを出迎えてくれたのは管弦楽部の部長だ。

彼はフェリシアの手を固く握る。

「君のおかげで、ブリジット君も治った。君は僕らの救世主だ！」

「い、いや……そ、そこまで言われると照れるぜ」

少し頬を赤くし、戸惑った表情を見せるフェリシア。

そんなフェリシアに対し、部長は強く迫る。

「そうだ、フェリシア君。これは来年度からでも良いんだが、正式に我が部に入らないかい？」

「え、ええ⁉」

「いや、丁度六年生が卒業する影響で、ヴァイオリンの席が一つ空くんだ。どうかな？」

「い、いや……その、私にはライジングの活動があって……」

「そこを何とか……頼むよ。きっと練習すれば、君はうちの部のエースになれる。なあ、お願いでき……」

「部長、ムリに誘ってはいけませんわ。フェリシアさん、困っているでしょう」

そう言って部長をフェリシアから引き離したのは、ブリジットだった。

部長は致し方がないという表情でため息をつき、もし考えが変わったら連絡をくれと言ってその場から立ち去った。

「あの人は強引な人ですから、もっときっぱり断らないとダメですわ」

「おう、ありがとうな。それで、ブリジット。体調は大丈夫か？」

「問題ありませんわ。全部、フェリシアさんのおかげですわ」

にっこりと微笑むブリジット。

元気そうなので、フェリシアは一安心した。

「そうだ、フェリシアさん！　丁度、今、あなたの話をしていたのですわ！」

「私の話？」

フェリシアは首を傾げる。

くしゃみが出るので、誰かが噂をしているのでは？　と冗談半分に考えていたフェリシアだが、まさか本当に誰かが噂をしているとは、少々驚きだ。

「さあ、こっちに来てください！」

「そう急かすなって……誰か、来ているのか？」

ブリジットの両親でも丁度来ているのではないかと思いながら、フェリシアは言った。

そう親しかったわけではないが、幼い頃に幾度か会話をしたことがある。

もっとも……諸事情により、フェリシアはブリジットの両親に対しては、それほど良い印象を抱いてはいなかった。

正直なところ顔を合わせたくないと思いながら、フェリシアはブリジットに手を引かれるままにその場所に向かう。

そこにいたのは、妙に場違いな筋肉質の男性だった。

服の上からでもはっきりと分かるほど盛り上がった筋肉。

手には金属製の鈍器としても十分に使えそうな杖。

陽気で周囲を明るくするような笑顔。

そんな男性が管弦楽部の部員たちと談笑していた。

「毎年、来てくださってありがとうございます！」

「ワハハハ！　可愛い後輩たちの雄姿を見に来るのは、人として当然のことだ？」

「金銭的な支援もしていただいて、本当に感謝の言葉しかありません！」

「管弦楽にはいろいろと金が掛かる。だが、俺は貴族や富裕層だけでなく、平民や奨学金に頼らなければならない子供たちにも、その楽しさを理解してほしい……そんな老人のお節介だ」

「老人だなんて、まだまだお若いではありませんか」

「ハハハハ！　よく言われるが……こう見えても、ここの校長と同期なんだぜ？　若作りしているだけよ」

フェリシアは文字通り、固まった。

「お、おい……あ、あの、お、お方は……」

まるでゴーレムのようにガチガチに固まってしまったフェリシアに、サプライズ大成功とブリジットは内心で喜んだ。

一方、ブリジットがフェリシアを連れてきたことに気付いたらしいその男性は、立ち上がった。

ゆっくりと、快活な笑みを浮かべながらフェリシアへと近づいていく。

二メートル近いその高身長の男性を、フェリシアは唖然とした表情で見上げた。

「ブリジット君、彼女がチェルシーの？」

「そうですわ。魔導師マーリン様のお弟子さんで、私の恩人、フェリシア・フローレンス・アルスタシアさんですわ」

ブリジットはそう言うと、硬直したままのフェリシアに話しかけた。

「ご紹介いたしますわ、フェリシアさん。このお方は管弦楽部のOBであり、かの高名なる魔導師……」

「おっと、お嬢さん。紹介してくれるのは嬉しいが……名前は、俺の口から言わせてもらえると嬉しい」

男性はそう言うと、ゆっくりとしゃがみ、フェリシアの目線に顔を合わせた。

そしてフェリシアの白い手を握り、にっこりと笑う。

白い歯がキラリと光る。

「ローラン・ド・ラ・ブルタニュールだ。初めましてだな、チェルシーのお弟子さん」

「……」

それに対しフェリシアは……無言だった。

しばらくの沈黙が続く。

「……フェリシア君？　大丈夫か？」

ローランはフェリシアの肩を摑み、軽く揺すった。

するとフェリシアは我に返ったのか、背筋を伸ばした。

「は、は、はい‼　大丈夫です！」

「ワハハハ！　聞いていた通り、愉快なお嬢さんだな」

「は、はい‼」

フェリシアは大いに混乱していた。

（ま、不味い……私、汗臭くないよな？　パフォーマンス大会のあと、体は拭いたけど、水浴びはしてない……ああああ!!　混乱してきた……）

「そう言えば、先程……ライジングのパフォーマンス大会を見てきたぜ」

「は、はい！」

「素晴らしいパフォーマンスだったぜ！」

グッと親指を突き出すローラン。

フェリシアは頭がクラクラするのを感じた。

と、ようやく少し冷静になってきて……ふと気づく。

ローランは自分に初めましてと、言ったのだ。

「あ、あの、ローラン様！」

「ふむ、どうした？」

「じ、実は……昔、今から五年ほど前、ろ、ローラン様に助けていただいたことがあるのですが、お、覚えていらっしゃいませんか！　あ、アルバ王国で、盗賊に襲われていたのを、助けていただいたのですが！」

「……ふむ、すまない」

ローランは眉間に皺を寄せながら唸る。

「何分、毎日のように人助けをしているのでね。助けた人の顔を一人一人、覚えてはい

ないんだぜ。……まあ、つまり、あれだな」

ニヤリ、とローランは笑った。

「お前は食ったパンの枚数を覚えているか？　ってことだぜ」

「な、なるほど‼」

カッケエエエエエエエ！！！

と、フェリシアは感激した。

※

「へぇ……やっぱり、ローラン様とホーリーランド校長と師匠は同期だったんですね」

しばらくしてフェリシアはようやく落ち着いてローランと話をすることができた。

いろいろと聞いているうちに、前々から薄々勘付いていたことが事実であったことを確認する。

「ああ、その通りよ。昔はいろいろ馬鹿をやったものだ。……正確には、俺とオズワルドの馬鹿にチェルシーが付き合わされたってのが正しいけどな」

愉快そうにローランは笑った。

どこか、昔を懐かしんでいる様子だ。

「しかし……チェルシーは元気にしているか？　実はここ数十年、会ってなくてな。久しぶりに会いたいものだ」

「元気だと思います。……今度、校内リーグに招待するつもりなんです。だから、その……もし、よろしければ、来ていただければ……」

「おお！　それは良いことを聞いたぜ。確かに、チェルシーのやつは何だかんだで付き合いが良いからな。嫌々言いながら、来てくれそうだ。いや、しかし……」

ローランはじっとフェリシアを見つめる。

フェリシアは少し恥ずかしそうに視線を逸らした。

「全く、あのチェルシーが弟子を取るとは。驚きだぜ」

「そんなに変ですか？」

「あいつは人見知りだったからなぁ……それに人と会話をするのも苦手な奴だったぜ。今はそうでもないのか？」

「あー……いえ、変わってないと思います」

フェリシアは自分の師を思い返しながら言った。

するとローランはうんうんと頷く。

「だろう？　しかし……それを考えると、君はチェルシーに似ていないな」

「えっと、それは……」

「随分（ずいぶん）とヤンチャで元気な子だと、オズワルドから聞いていた。ブリジット君からも、君の人柄については聞いているぜ？　今はちょっと、猫を被っているのかな？」

「……」

フェリシアの顔が真っ赤に染まる。

この分だと、普段の言動はほぼすべてローランに伝わっていると考えても良いだろう。

フェリシアは一瞬だけ視線をブリジットに向けて、軽く睨んだ。

ブリジットは思わず目を逸らす。

……一方、フェリシアの後ろではアナベラとケイティが小声で話していた。

「猫を被っているというか、借りてきた猫みたいになっているわよね？」

「分かります。……ちょっと可愛いですよね」

「うんうん、新鮮な感じがする……それにちょっと、面白いわよね」

「フェリシアさんも、憧れの人の前だとお淑（しと）やかになるんですねぇー」

フェリシアは顔を真紅に染め、顔を俯（うつむ）かせ、体を震わせる。

そしてやや低い声で、後ろの二人に言った。

「……おい、お前ら。聞こえているぞ」

「ひぃ……」」

フェリシアの機嫌の悪そうな声に、アナベラとケイティが怯（おび）えた表情を見せた。

一方、ローランはそんなフェリシアの肩を叩く。

「まあまあ、そんなに怒るな……ごめんな？　フェリシア君」

「べ、別に……お、怒ってなんか、ないです……」

恥ずかしそうに、蚊の鳴くような声でそう言うフェリシア。

いつもとは全く違うフェリシアの表情と態度に、アナベラたちは少し得をした気持ちになった。

「だが、似ているところもあるぜ」

「どの辺ですか？」

「大切な人のために、一生懸命になれるところは、そっくりだぜ。ブリジット君のために、ムリを言って薬を作ったんだろう？　……昔、オズワルドがラグブライの試合間際に病気をしたことがあってね。その時、チェルシーのやつが珍しく、一生懸命に薬を作ったんだぜ。懐かしい……」

遠くを見るような目でローランは言った。

ふと、フェリシアは今まで疑問に思っていたことをローランに尋ねてみることにした。

「ローラン様は、師匠の〝哲学〟を知っているんですか？」

おおよそ、マーリンの著作から彼女が何を人生の目標にしているのか、何を研究の果てに定めているのかは知っている。

が、直接、聞いたことはない。

「ん？　それはもちろん……変わっていなければ、の話だが。君には教えていないのか？」

「師匠は自分のことについては、話してくれないんです」

フェリシアがそう言うと、ローランは眉を顰めた。

顎に手を当てて、少し考えてから答える。

「ふむ……まあ、チェルシーが語っていないのにもかかわらず、俺がそれを言うわけにはいかないな」

「そう……ですか」

「君の〝哲学〟は決まっているのかな？」

「それは……」

フェリシアは少し考えてから答える。

「……自分の人生を自分の意志で、誰かに強制されることなく、選ばされることなく、進みたいと思っています。……ぼんやりと、ですけれど」

フェリシアの答えにローランは顎に手を当てて答えた。

「ふむ、なるほど。……君はどちらかと言えばチェルシーよりは、オズワルドや彼に似ているな」

「……彼？」

「いや、こちらの話だ」

それからローランは愉快そうに笑った。

「多分、君が思っているよりも……君の師匠は、夢想家で、理想主義者だぜ。もちろん良い意味でだ。彼女はきっと……今でも、昔の〝哲学〟を貫いているんだろう。オズワルドも、また同様だろうな」

では、ローランはどうなのだろうか？　と、フェリシアはふと思い立ち、軽い気持ちで尋ねる。

「ローラン様の〝哲学〟は、何ですか？」

「俺か？　俺は……今も昔も、〝人助け〟さ。まあ……変わってしまったものも、多いけどな」

そう言うローランの笑みは、どこか寂し気だった。

聞かない方が良かったなと、フェリシアは少しだけ後悔する。

それから彼は時計の時刻を確認し、やや大袈裟な仕草で言った。

「おっと、長居しすぎてしまったようだな。俺はそろそろ、退散しよう。……そうだ、フェリシア君。一つ、忠告を」

「何ですか？」

「チェルシーは素晴らしい人物だが……あの性格だ。少し……いや、かなり人の恨みを買いやすい質だ。もしかしたら、君を逆恨みするような輩もいるかもしれない。気を付けるんだ。まあ、オズワルドが守るこの学園では、そうそう妙なことは起こらないと思うがね」

ローランはそう言って立ち去っていった。

そしてローランの背中を見送ってから……

「あああ!!」

「フェリシア？」

「どうしましたの？」

「何か、あったんですか⁉」

唐突に大声を上げたフェリシアに、心配そうにアナベラ、ブリジット、ケイティが尋ねる。

フェリシアは頭を抱えた。

「サイン、貰うの忘れてたぁ……」

魔法学園は普段、オズワルド・ホーリーランド校長が管理する強力な論理結界によって守られている。

広大な魔法学園を覆うこの論理結界は、学生や教師などの学園関係者、および学園に招かれた者以外の人間による干渉――侵入はもちろんのこと、視覚などによる観測を含む――を、完全に遮断するという、非常に強力な代物だ。

ただし……学園祭の日だけは、その結界は緩められ、〝悪意を持たない者〟であれば出入りが可能となる。

故に未熟な魔導師であっても、学園に入ることができる。

「懐かしいな、我が母校」

そんな未熟な魔導師の一人――アコーロン――は学生たちの展示や出店を眺め……そして小さな声で呟く。

「俺には無縁だったがな」

家を復興するため、毎日必死に勉強を続けた。

だから遊びや部活動に興じている暇は、精神的にも肉体的にも時間的にもなかった。

もっとも、そのおかげでそれなりに良い成績を取ることができ、そして良い職も手に入れた。

……全ては水泡に帰したが。

「マーリンにさえ、復讐できれば良い。俺の人生を壊した、マーリンにさえ……」

暗い顔で呟くアコーロン。

どう見ても〝悪意を持つ者〟である彼だが、論理結界を越える時にだけ、その悪意を心のうちに封じ込めば出入りは可能だ。

半端者の魔導師であるアコーロンだが、その程度のことはできる。

「さて、マーリンの弟子の顔を、フェリシア・フローレンス・アルスタシアを、拝んでやろうか」

フェリシアを捜しながら、アコーロンは弟子が集めたフェリシアの情報を整理する。

エングレンド王国、三大貴族家の一角、アルスタシア家の生まれ。

家が没落した後、マーリンに師事。

学園には主席で入学し、そして現状でも主席を維持。

スポーツ万能で、魔法学園でも一、二を争う大人気チームである『ライジング』のレギュラー。

交友関係も広く、社交的で、同学年では常に騒ぎの中心にいる。

教師からも目を掛けられている。

ここ最近では、友人を救うために五日熱の魔法薬の新たな調合方法を開発する。

「……調子に乗りやがって」

鬱憤を抱いていると……、ちょうど大講堂の近くまで来た。

どうやら丁度、管弦楽部の演奏会が終わったらしく、人の流れができていた。

人込みの中に……一際目立つ、金髪の少女がいた。

「フェリシア、大丈夫？　顔が赤いけど」

「けほ、けほ……急に、咳が出てきた」

「風邪ですかね？」

「ま、まさかわたくしの五日熱がうつったんじゃ……」

友人たちに心配されながらも、快活な笑みを浮かべている少女。

思わず……アコーロンの手が杖へと伸びる。

「もしや、そこにいるのはピーターか？」

その時、背後から声を掛けられた。

いつの間にかアコーロンの後ろに、白い髭を蓄えた老人が立っていた。

オズワルド・ホーリーランド。

この学園の校長である。

「今の自分は、アコーロンですよ。校長先生」

ピーター・アトリー。

それがアコーロンの本名だった。

アコーロンの名は彼の師である、マーリンと同格の大魔導師から与えられたものだ、
そして……アコーロンの名は、エングレンド王国では闇に堕ちた魔導師として、凶悪犯罪者として有名だった。

「ワシにとっては、今でもお主はピーター・アトリーじゃ」

「俺の名を覚えていて下さるとは、光栄です。校長先生」

「当然のことじゃよ。ワシは教え子の名は、すべて覚えている。まずは元気そうで、何よりじゃな」

そう言って嬉しそうに微笑むホーリーランド校長。

アコーロンはその笑顔に対し、強い憎しみを抱いた。

(こいつには、こういうやつらには、俺の気持ちは分からないんだろうな)

ギリギリと歯ぎしりをし、アコーロンは踵を返す。

「もう行ってしまうのか？　もう少し、話でもせんか？　思い出話でも……」

「生憎、自分には……この魔法学園での思い出など、何一つないので」

アコーロンは人の流れに身を任せ、その場から逃げるように立ち去った。

※

「ただの風邪ね。五日熱ではないわ」

学園祭、二日目。

保健室で寝込んでいるフェリシアに対し、女医は淡々と告げた。

フェリシアのお見舞いにやってきていたブリジットたちは胸を撫でおろす。

「よかったですわ……わたくしがうつしたわけじゃなくて」

「ただの風邪なら、すぐに治りそうですね」

「二日後の打ち上げも、参加できそう」

安堵した表情で三人は口々に言った。

学園祭は三日間続き、ライジングの打ち上げは三日目の翌日、つまり二日後に予定されている。

ただの風邪なら、その時までに治るだろうし、治らずともちょっとした食事会にならば参加できるはずだ。

「うぅ……せっかくの、学園祭なのにぃ……」

「友人を救うために五日熱の魔法薬を調合する……その姿勢は立派だけれど、随分とムリをしたようね？ これは教訓よ。胸に刻みなさい」

呆れ顔で女医は言った。

もっとも、ライジングのパフォーマンス大会はすでに終わっているし、ブリジットたちの演奏会も鑑賞し終えた。

他の友人たちの展示も、初日にあらかた回っている。

ほかの楽しそうな展示や出店を見学できないのは残念だが、涙を飲んで諦めることができる程度の問題だ。

「ぐすぅ……アナベラ、ブリジット、ケイティ。私の代わりに、楽しんできてくれ……あと、美味しそうなものがあったら、買ってきて」

フェリシアはそう言ってから、チラリと女医の顔を見る。

それくらいならばいいよね？ と暗に確認する。

女医は呆れ顔で頷いた。

「まあ、食欲があるならばいいでしょう。ただし、食べすぎは許しませんよ。自覚はないかもしれないけれど、あなたの胃腸は病気で弱っているんだから」

「肝に銘じます……」

弱々しくフェリシアは頷いた。

それからフェリシアの人望を示すかのように数多くの人たちがお見舞いに……お土産を持ってやってきた。

例えばクリストファーはジュースを、マルカムは食べ物を、チャールズは暇潰し用にと細工箱を持ってきてくれて、フェリシアを喜ばせた。

チャールズのお土産の細工箱を解き終え、少し疲れを感じたフェリシアはベッドに潜り込み……そのまま微睡み(まどろみ)の世界へと旅立った。

熱があることもあり、その眠りは決して深い物とは言えない。

浅い眠りと覚醒(かくせい)を繰り返す中、フェリシアは昔の夢を見ていた。

それは五歳の頃、フェリシアが風邪を引いて寝込んでしまった時の夢だ。

辛さと寂しさでしくしくと泣くフェリシアの手を……父親であるアンガスは握りしめていてくれた。

「大丈夫か？　フェリシア……」

アンガスは心配そうにフェリシアに尋ねる。

ぼんやりとした意識の中で、フェリシアは小さく頷く。

「すまない……頼りにならない父親で。お前のことを……傷つけてしまった」

夢の中でアンガスはフェリシアに謝っていた。

昔は大きく感じられたアンガスが、随分(ずいぶん)と小さく見え、そして……情けなく見えた。

だがその手に感じる温もりは、昔と同じだった。

「随分と遅い誕生日プレゼントになってしまったが……受け取って欲しい」

アンガスは小さな箱を取り出し、テーブルに置いた。

そして立ち去ろうとする……が、フェリシアはその手を強く握りしめた。

「……お父様」

微睡みの中、無意識にフェリシアは呟いた。

それは夢の中の父親に言ったのか、それともお見舞いに来てくれた父親に言ったのかは……

フェリシア自身も、誰も分からないことだった。

アンガスはフェリシアが完全に熟睡し、眠りに落ちるまでその手を握り続けた。

これは余談だが、学園祭が終わった後のフェリシアは、可愛らしい猫のネクタイピンを身に着けて登校するようになったという。

子供っぽいデザインで、度々マルカムに揶揄（からか）われても……フェリシアはそのネクタイピンが壊れるまで、愛用し続けた。

なお、このネクタイピンをどこで、いつ買ったのかを尋ねると、「秘密なんだぜ」と答えるだけで、決して教えてはくれないらしい。

しかし……その時に浮かべる笑みは、とても嬉しそうで、幸せそうだったとか。

※

学園祭からしばらくのこと。

「パフォーマンス大会優勝と、フェリシア君の快復を祝って、乾杯!!」

「「「乾杯!!!!」」」

ライジングのキャプテンであるマーティンの掛け声とともに、フェリシアたちはコップを掲げて乾杯した。

そして糖分が別の物質に変化しているジュースを飲む。

「くっはぁ……美味しい!」

「フェリシア、病み上がりで飲んで良いの?」

麦のジュースを美味しそうに飲むフェリシアに、アナベラは心配そうに尋ねた。

ちなみにアナベラは特に強いわけでも好きというわけでもないので、最初の一杯だけは付き合い、それ以降は本物のジュース——もちろん、本物も何も、言うまでもなくすべてジュースなのだが——を飲んでいる。

「何たらは百薬の長って言うじゃないか」

「僕としては飲みすぎないで欲しいね。揉め事だけは避けてくれ」

フェリシアにそう忠告したのは、ライジングのキャプテンであるマーティンだ。

最近、就職活動を終えたマーティンは再びライジングの活動に戻っている。

もっとも、キャプテンとしての実質的な地位はアーチボルトに譲っている。

そのアーチボルトと言えば……

「っくぅ……美味い!!　いやー、勝利のびし……ジュースは美味いなぁ!!」

グビグビと麦のジュースを飲んで騒ぐアーチボルト。

そんな彼を見て、マーティンは思わず呟く。

「心配だ……」

「……」（杞憂、でもないのよねぇ……）

アーチボルトがキャプテンになった後に何が起こるか知っているアナベラは思ったが、それを口に出してもマーティンを余計に心配させるだけなので、黙っておくことにした。

「キャプテン、就職はどうだったんだ？　大変だったか？」

「うん？　まあ……大変と言えば大変だけど、他の人ほどじゃないかな。……あまり大きな声じゃ言えないけどね、ライジングは結構、強いんだよ」

もちろん、ラグブライが、ではなく就職が、である。

ライジングのメンバーは平民出身者や、下級貴族出身者が多い。

彼らの多くは学園卒業後、大きな商会や王宮、軍などに就職する。

学生の時にラグブライをやっていたというだけでも就職では強いカードになるが、ライジングは強いコネを持っているので、特段に強い。

先輩からの推薦という形で容易く就職ができるし、出世もそこそこ早いのだ。

「ライジング出身の偉い人って、そこそこ多いですよね」

「一番身近で有名なところで言えば、オズワルド校長がそうですわね」

ケイティとブリジットが話題に加わる。

学生時代にラグブライをやっていて、卒業後は政界や財界で活躍する……というのがエングレンド王国では王道のエリートコースだが、ライジングはその典型例である。

なお、ライジングのライバルであるノーブルはどうなのか？　と言えば、ノーブルの場合は高位貴族が多いため、卒業後はそれぞれ家督を継ぎ、議員や大臣という形で活躍することが多い。

もちろん、彼らも非常に強い影響力を持つ。

官僚が「王の手足」であるならば、議員たちは「王の友人」だ。

この〝手足〟と〝友人〟は大変、仲が悪い。

ライジングとノーブルの対立と試合は、エングレンド王国の財界や政界の代理戦争でもあるのだ。

だからこそ、校内リーグでは大いに揉める。

「どうして、活躍する人が多いんだろう？　別にラグブライの能力は、仕事とは関係なさそうだけど……」

ポツリとアナベラが呟く。

するとやや酔っぱらい気味のマルカムが叫ぶように言った。

「そりゃあ、もう、根性があるからよ！」

「そういう根性論は、私は好きじゃないぜ」

フェリシアはあっさりとマルカムの主張を切り捨てた。

するとマルカムは眉を顰め、フェリシアに尋ねる。

「じゃあ、何だって言うんだ？」

「私が思うに、縦と横の結束力が強いからだと思うぜ。職場でも協力し合えるんだろう？仲良くな。それが積み重なれば、要職に就くライジング出身者の割合は高くなる。そうすると、ますます影響力が強まる……まあ、そういうことだろ。……文化系サークルとかは、やっぱり個人で競い合うことが多いし、チーム戦になると弱いんだと思うな」

特別、ラグブライのプレイヤーが精神的に強かったりするわけじゃないだろうと、フェリシアは語った。

気付くとフェリシアの話に、みんなが耳を傾けていた。

フェリシアはジュースの効果もあり、ますます饒舌に話し始める。

「あと、ライジングは成績が良い人が多いってのもあると思うぜ。キャプテンも、アーチボルト副キャプテンもそこそこ良いんだろ？」

「まあ、確かにね」

「俺もそう悪くないなぁ」

ラグブライ馬鹿のアーチボルトの成績が良いのは意外に思うかもしれないが、彼はそれなりに勉学も頑張っている。

もっとも、それは「成績を心配しているとプレイに悪影響を与えるから」という、あくまでラグブライのためであるのだが。

「そ、そうなのか？」

やや焦った表情のマルカム。

マルカムの成績は……お世辞にも良くない。

「やっぱり、メリハリがあるからだと思う。部活をしていないからって、その分勉強に費やすやつは少ない。案外、適度に忙しい方が勉強にも身が入る」

もちろん、クリストファーのような例外もあるのだが。

そう語ってからフェリシアはマルカムに忠告するように言った。

「お前は、もうちょっと勉強を頑張った方が良いぜ。ライジングが就職に強いって言っても、限度がある。……全員が全員、良いところに行けるってわけでも、ないだろうし」

「はは、まあ、そうだね。卒業した先輩の中には、失敗した人もいるよ」

フェリシアに同意するようにマーティンが言った。

マルカムは縮こまり、「もう少し努力しよう」と心に誓う。

と、最初はみんなそこそこ真面目な話をしていたのだが……

ジュースが体に回ってくると、徐々にくだらない話や、下ネタが飛び交うようになる。

「って、感じでさぁー、マルカムのやつが、私の寝間着にケチ付けたんだ。じゃあ、逆に聞くんだが、大人っぽい寝間着って、なんだよって感じだよなぁー。全く、何を考えているんだか……このムッツリスケベめ！」

「お、おい！　語弊があるぞ、語弊が！」

「うわ……最低ですわ、マルカムさん」

「よく病人にそんなこと言えるわね」

「大人っぽい……ごくり！」

「ぎゃははは!!　大人っぽいって、つるぺったんのガキに、そんなの似合うわけないだろ！　あははははは!!」

「うわ……もっと最低な奴がいるぞ！　見損なったぞ、アーチボルト!!」

「アーチボルトさん……おさ、ジュースが入らなければ、ちょっとだけ紳士なのに……残念ですわ」

「ちょっとだけなのね……」

「ちょっとも紳士じゃないマルカムさんよりも、マシでは？」

「だから、誤解だ！　誤解だって言ってるだろ!!」

無礼講のどんちゃん騒ぎとなる。

普段は言えないことも、ジュースのせいにしてしまえば言えてしまうのが恐ろしい。

「ちょーっと、トイレに行ってくる。おい、お前ら！　俺が席を外している間に、飲み物に変な物仕込むんじゃねえぞ！」

アーチボルトは立ち上がり、チームメイトに言い含めた。

マルカムが笑いながら尋ねる。

「変な物ってのは、具体的に？」

「そりゃあ……惚れ薬とかよ！　俺のことが好きだからって入れるなよ？　女子生徒諸君！」

ゲラゲラと笑いながらアーチボルトが去っていく。

と、そこでフェリシアはニヤリと笑う。

「よーし、何か入れようか！　何入れる？」

「ビネガー入れて、めっちゃ酸っぱくしてやろう！」

「よし、マルカム！　それ採用だ‼」

卓上に置いてあるお酢を手に取り、アーチボルトの飲み物に振りかけるフェリシア。

それを見てチームメイトたちは大笑いしながら囃し立てる。

と、そこで意外に早くアーチボルトが返ってきた。

真っ赤な顔が、真っ青になっている。

「どうしたんだよ、アーチボルト。……もしかして、漏らした？」

フェリシアが笑いながら尋ねると、大爆笑が起こる。

だがアーチボルトは笑わず、真っ青な顔で怒鳴った。

「不味い、先公の見回りだ‼　お前ら、酒を片付けろ‼」

一瞬で騒然となる。

校則では儀礼を除いて飲酒は禁じられているのだ。

「ま、不味い！　飲み干せ！」

「一気しろ、一気しろ‼」

「けほっ……ダメだ、飲めない……」

「私に貸せ、マルカム‼　飲み干してやる！」

「うげぇ‼　誰だよ、俺の酒にお酢入れたのは‼　本気で入れる馬鹿がいるか‼」

大慌てでテーブルの酒を胃の中に隠すフェリシアたち。

フェリシアがマルカムの酒を飲み終えたところで、バーノン講師がやってきた。

いつもの不機嫌そうな顔で、ライジングのメンバーの顔を確認する。

ライジングの面々はわざとらしい作り笑いを浮かべる。

「諸君……随分と、盛り上がっていたようではないか」

「は、はい！　ちゃんと節度を守り、楽しく過ごしています」

ニコニコとマーティンは笑顔で対応した。

するとバーノン講師は鼻で笑う。

「節度を守る、か……ふむ、妙にアルコール臭い気がするが、これは私の気のせいかな？」

「き、気のせいですわ。先生……きっと、他のお客さんのお酒ですわ。ねぇ？」

「そ、そうです！　私たちは……ジュースしか飲んでないです！」

ブリジットとケイティはやや赤い顔でそう言った。

その顔を見れば、酒に酔っていることは丸わかりだ。

「そうか、そうか……それは実に結構。ところで、Missアルスタシア」

「うっぷ……な、何でしょうか？」

自分の酒に加え、マルカムの酒まで飲み干し、ややグロッキーになっているフェリシアに、バーノン講師が尋ねる。

「顔が赤いようだが、まだ風邪は治っていないのかな？」

「そ、そうかもしれません！　あー、ちょっと、風邪がぶり返して……げほ、げほ……」

わざとらしく咳き込むフェリシア。

バーノン講師はにっこりと、ゾッとするような笑みを浮かべた。

「それはお大事に。今日はゆっくりと、休みたまえ」

「は、はい……早めに寝ることにします」

フェリシアがそう答えると、バーノン講師は大きく頷いた。

そして大きな声で、念を押すように言った。

「諸君らも、体調には気を付けて。くれぐれも……明日の授業を、頭痛で欠席するような真似はやめてくれたまえ？」

そういうとバーノン講師は立ち去って行った。

ほっと、ライジングのチームメイトは肩を落とす。

そしてポツリとアーチボルトは呟いた。

「次回はもう少し、学園から遠い店にしよう。……ここは巡回範囲みたいだしな」

誰一人として、反省する者はいなかった。

第三章

元貴族令嬢はダンスのお誘いを受ける

gensaku kaishimae ni
botsuraku shita
akuyaku reijo ha idai na
madoshi wo kokorozasu

翌朝。

「うぐぅ……あ、頭が痛い……」

フェリシアは頭を抱えながら登校した。

席に着くや否や、ぐったりと机に突っ伏す。

「随分と調子が悪そうだが、まだ風邪が治っていないのか?」

クリストファーはフェリシアの隣に座ってから尋ねる。

フェリシアは顔をクリストファーの方へ向けながら、げっそりとした表情で答えた。

「いや、そうじゃなくて……多分、二日酔いだ」

「……二日酔い? 酒を飲んだのか?」

クリストファーは信じられないと目を見開いた。

「真面目君」であるクリストファーは校則を破ろうなどとは考えたこともないし、そもそも翌日に授業が控えているというのに酒を飲むという発想がまずない。

「馬鹿、あまり大きな声で言うな……」

「信じられない。何を考えているんだか」

「逆に聞くけど、お前らは打ち上げをやらないのか? 幾何学同好会だって、展示をやったんだし……打ち上げくらいはしただろう?」

フェリシアが尋ねると、クリストファーは頷いた。

「もちろん。学生らしく、節度を守って、常識の範囲内で打ち上げをやったさ。断じて飲酒なんてしていない」

「ふーん……なんか、つまらなそうだな」

「何⁉　それはどういう意味だ！」

「うぐぅ……頼むから、大きな声を出さないでくれ」

声を荒らげたクリストファーに対し、フェリシアは小さな声で頼んだ。

それから「つまらなそう」な理由を口にする。

「ちょっと悪さをして許されるのは、学生の特権だ。今のうちに悪いことをしておかないと……」

「結構だ。僕は生涯、〝悪事〟をするつもりはないからな！」

「真面目すぎると、モテないぞ？」

フェリシアがそう言うと、クリストファーは眉を顰める。

それからフェリシアと一緒に〝悪事〟をしただろうマルカムを、一瞬チラリと見てから尋ねる。

「……君は真面目すぎる人間は、嫌いか？」

「うん？　まあ、程度にもよるけど……別にクリストファーのことは嫌いじゃないけど……人間としては結構、好きかな」

好き、と言われたクリストファーの口元が少し緩む。

もちろん、「人間として」という部分についても聞き逃してはいないし、フェリシアにそういう気がないのも理解している。

そしてクリストファー自身も、別にフェリシアのことが異性として好きというわけでは——少なくとも彼はそう思っている——ない。

が、それでも年頃の男子だ。

可愛い女の子に「好き」と言われるのは……嬉しくないはずがないし、意識しないというのもムリな話だ。

だからクリストファーが少しニヤけてしまうのも不可抗力だった。

「冷静に考えると、私とお前で案外バランスが取れているのかもな」

「ば、バランス？」

「あまりにも私の行動が目に余るなら、注意してくれ。ついうっかり、限度を超えてしまうかもしれないからな」

「……飲酒は限度を超えているような気がするが」

「私の価値感では超えていない」

と、そうこうしているうちに教師が教室に入ってきた。

最初の授業は……バーノン講師による錬金術の授業だ。

前期の錬金術の授業を受け持っていた教師は、フェリシアに嫌がらせをした中年男性教師だったが……後期で教師が代わった。

前期と後期で教師が代わることはあまりないのだが……噂によると、フェリシアによる「質問攻撃」を嫌い、ホーリーランド校長に泣きついて代わってもらったとか。貧乏くじならぬ、フェリシアくじを引かされたのがバーノン講師である。

「おお……諸君。全員、出席しているようで、実に結構だ。毎年、学園祭の後は、どういうわけか頭痛で授業を休む、もしくは遅刻する学生が多くてね。ふむふむ、君たちは健康そうで何よりだよ」

そう言ってバーノン講師はフェリシアやマルカムの方を見て、ニヤリと意地悪い笑みを浮かべる。

二人は思わず縮こまった。

「Missアルスタシア‼」

突然、バーノン講師はフェリシアの耳元でその名前を呼んだ。

強く声が頭に響き、フェリシアは思わず頭を押さえた。

「おお、おお……Missアルスタシア。どうしたのかな？　体調が悪いようだが？　おかしいな、昨日、私は君にはちゃんと早く寝るように言ったが……まだ風邪が治っていないのかな？　Missアルスタシア‼」

わざとらしく大きな声で、フェリシアの名前を呼ぶ。

そのたびに二日酔いの頭に、声が響き……フェリシアは頭痛で苦しむことになる。

「だ、大丈夫……です。せ、先生……その、だから……や、やめて、ください……」

「ふむふむ、その様子だと……あの後も、ヤンチャを続けたようだな。Missアルスタシア」

「あう……」

実際、あの後も打ち上げは続き、夜遅くまでフェリシアたちは酒を飲んでいた。

バーノン講師がやってきたことで一時的に冷めた空気も、すぐに元の調子に戻り、大盛り上がりだったのだ。

そのせいでフェリシアは少々、飲みすぎてしまった。

「しかし……大丈夫というなら、まあ、良いだろう。大丈夫と、確かに君は言ったのだから……しっかりと私の授業を聞くように。……マルカム・アルダーソン!!」

「は、はい!!」

唐突に名前を呼ばれたマルカムが立ち上がった。

フェリシアがイビられているのを見て、少し油断していたためか、マルカムの心臓は驚きと緊張でバクバクと鳴っていた。

「Mr.アルダーソン。君もしっかりと、私の授業を聞くように。もちろん……体調不良というのであれば、しっかりと保健室で調べてもらうことになるがね」

「い、いえ……だ、大丈夫です、先生！」

「ならばよろしい。……それと、Missアルスタシアは放課後、私のところへ来るように」

「え？」

「来るように！」

「あ、はい‼」

まさか逆らえるはずもなく、フェリシアは返事をするしかなかった。

周囲から、フェリシアへの同情の視線が集まった。

フェリシアは内心でため息をついた。

さて、放課後、フェリシアは言い付け通りにバーノン講師のもとへと向かっていた。

講師の身分では研究室こそ用意されていないものの、講師室と呼ばれる大部屋と、専用のデスクは存在する。

(い、一体……なんなんだよぉ……まさか酒のことか？　でも、私だけ怒られるってことはないだろうし)

まだ微妙に残る頭痛に苦しみながら、フェリシアは呼び出し内容について思いを巡らせる。

バーノン講師に褒めてもらえる……と思うほど、フェリシアは楽観的ではない。

バーノン講師の用件は、目的はフェリシアを叱ることか、もしくは嫌味を言うことであろう……そう悲観的に考えていたためか、フェリシアの足取りは重かった。

「えー、先生。何のご用件でしょうか？」

講師室に辿り着いたフェリシアは、自分のデスクで紅茶を飲んでいるバーノン講師のところへ向かい、開口一番にそう尋ねた。

バーノン講師は紅茶を一口飲んでから、答える。

「もう、君は私の授業を聞かずとも良い」

「……え？」

フェリシアの顔が青く染まる。

つまりバーノン講師が受け持つ錬金術の授業は落第である、という意味だとフェリシアは捉えたからだ。

「ま、待ってください！　そ、その、私、何かしましたか？」

「それは自分の胸に手を当てて考えてみなさい。思い当たる節はないかね」

フェリシアは言われるままに胸に手を当てて考えてみる。

昨晩は飲酒を行った。

定期的に夜歩きをして、図書館に忍び込んでいる。

ちょっとした悪戯も、いくつかやったことがある。

（ま、不味い……心当たりが多すぎるぞ）

フェリシアは内心でだらだらと汗を流しながら答えた。

「え、えっと……もしかして……先生のデスクの中に蛇の玩具を入れた悪戯ですか？」

「あれは貴様がやったのか‼」

「ひ、ひぃ‼　す、すみません！　で、出来心だったんです‼」

どうやら、蛇の悪戯が問題だったわけではなさそうだ。

もっとも、たった今、バレてしまったが。

縮こまり、小さくなるフェリシア。

そして内心では「今度はもっとユーモアがある悪戯をしよう」と心に誓う。

「え、えっと……それで、授業に出なくても良い、とは？」

「君の知識と能力は学生の範疇を超えている」

唐突にそんなことを言い始めるバーノン講師。

フェリシアは思わず首を傾げる。

「え、えっと……」

「君の錬金術は……まぁまぁの出来だ。一年生レベルの錬金術の授業は、無意味だろう。

実際、退屈ではないかね？」

「それは……まあ、そういう側面も、あります」

正直なところ、退屈に感じていたのは本当だ。

もちろん、錬金術の教師の目の前で「退屈でした」と馬鹿正直には答えられないが。

しかしフェリシアの建前を見破ったのか、バーノン講師は鼻で笑った。

「気は遣わなくても良い。実際、あれは君には不要な授業だ。だから受けなくても良い」

「……じゃあ、単位はどうなるんですか？」

出席をせずとも単位をくれるならば、それほどありがたいことはない。

が、そんなことが制度的に可能なのだろうかと、フェリシアは疑問を抱いた。

「代わりにレポートを提出してもらおう」

「レポート？」

「定期的に課題を出すから、それを授業の出席の代わりにするということだ」

バーノン講師の答えにフェリシアはなるほどと頷いた。

つまり昔、マーリンがフェリシアに対して行っていたものと似たような授業形式の物を個人的に受けさせてもらえるということだ。

バーノン講師の方がフェリシアよりも遙かに魔法薬については精通しているし、その知識は当然、**魔法**にも応用できることであるため、フェリシアにとってもメリットが大きい。

「分かりました」

「分かれば良い。それと試験は受けてもらうから、試験勉強はしっかりとするように」

「それは言われなくても、です、先生」

フェリシアは快活な笑みを浮かべて言った。

入学、そして前期での期末考査で守ってきた首席の地位を、今更誰かに譲り渡すつもりはなかった。

「よろしい。……では詳しい期日等は追って伝える。もう、行きたまえ」

しっし、と言わんばかりに手でフェリシアを追い払う仕草をする。

しかしフェリシアはその場から去らない。

「先生、一つ良いですか？」

「私は忙しいのだが……なんだね？」

「もしかして、私のこと……褒めてくれました？」

まあまあの出来。

という言い方は決して褒めているとは言えないが、そもそも生徒に対しては厳しいことしか言わないバーノン講師の発言であることを考えると、実は彼なりに褒めているのでは？　と考えたフェリシアは試しに尋ねてみた。

するとバーノン講師は……フェリシアを馬鹿にするように、鼻で笑った。

「馬鹿なことを言ってないで、早くどこかに行きなさい」

「ふふ……分かりました、先生！」

どうやら彼なりに褒めてくれたらしい。

勝手にそう判断したフェリシアは、上機嫌でその場から立ち去ったのだった。

「……全く、本当に分かっているのやら」

バーノン講師はフェリシアの背中を見送りながら、苦々しく呟くのだった。

※

学生寮、フェリシアの部屋にて。

「出来た‼」

「うわっ！」

突如、大きな声を上げたフェリシアにケイティは驚きの声を上げる。

フェリシアは照れ笑いを浮かべた。

「ああ、すまない。つい、嬉しくて」

「いえ、大丈夫です。……ところで、突然どうしたんですか？」

「こいつを見てくれ！」

フェリシアは嬉しそうに自分のローブを見せた。

可愛らしい猫の刺繍(ししゅう)が施(ほどこ)されている。

「猫ちゃんだ。可愛いだろ？」

「そ、そうですね……可愛いです」（猫〝ちゃん〟……可愛い……）

ケイティがフェリシアの意図(いと)する物とは別の物に萌(も)えていると、フェリシアはそれには気付かず、得意そうに説明を始めた。

「ついに、師匠から貰ったローブを弄(いじ)ることができるようになったんだ！」

「おお！　おめでとうございます‼」

実際のところ、ケイティはフェリシアが何をしているのかよく分かっていなかったし、それがどれくらい凄いことなのかも分からなかった。

が、フェリシアが喜んでいることはケイティも嬉しかった。

もちろん、友達としてである。

可愛いフェリシアが見られて嬉しいという気持ちは、ちょっとしかない。

「これで春休みには大きな顔をして師匠のところへ帰れる」

ふふん、と胸を張るフェリシア。

ケイティはとても微笑ましい気持ちになる。

こんな可愛い人と同室になれて、ついでに言えば女子に生まれて良かったと心の底から実感する。

と、そこでふとケイティは思った。

「そう言えばそろそろ復活祭のパーティーがありますね」

「ああ、そう言えばそんな時期だな。私たちにとっては初めてだから、ちょっと楽しみだ」

復活祭というのは、十字教の聖人が処刑された後に復活したことを祝う祭りである。

またこの復活祭は冬至の祭りでもある。

冬至……つまり最も早く太陽が沈み、夜が長い日だ。

逆に言えば冬至の翌日から日照時間は増加する……つまり太陽が〝復活〟し始める日でもある。

魔法学園では毎年、この復活祭で大規模なダンスパーティーが執り行われる。

「最初に踊る相手は決まってますか？」

る。

ダンスパーティーでは特定の誰かとだけ踊るということはなく、自由に誰とでも踊れる。

が、やはり最初に踊る相手は特別だ。

特にダンスパーティーが始まってすぐの一曲目に踊る相手は重要視される。

というのも会場の広さの問題から全員が一斉に踊るということはできないため、一度に踊る人数には制限があるからだ。

二曲目以降はその場での順番待ちだが、一曲目は事前の登録が必要となる。

そしてやはり……一曲目は周囲からの視線を一身に浴びる。

そういうこともあり、一番最初の、一曲目に踊る相手というのは、その人物に対して多少なりとも気があることを意味している……と一般的に思われている。

だからダンスパーティーが始まる前に最初に踊る相手を誘うという行為は、「愛している」という告白……ほどではないが、「ちょっとは気になっている」程度の意味になるし、それを受け入れるということは「少しは脈がある」「興味がないことはない」程度の意味になる。

故(ゆえ)に恋愛に躍起(やっき)な人間——その殆(ほとん)どは男性だが——は、この時期にはすでに動いている。

「別に？　前みたいにその場で決めるつもりだ。まあ、申し込んでくる奴がいるなら、話は別だけどな」

「あれ？　……その言い方ですと、申し込みはまだ受けていないんですか？」

ダンスパーティーの会場であれば女性が男性を誘うことはあるが、事前の誘いとなれば大抵は男性から誘う。

というのも、女性から積極的に誘うのは〝はしたない〟と思われる文化があるからだ。

もっとも、フェリシアほどの可愛らしい女性ならば誘う男性は山のようにいるはずだ。

「いや、受けたさ。でもな、ロッカーの中に手紙を入れて『僕と踊ってください』なんて伝えるような情けない男からの誘いなんて、結構だな」

フェリシアはそう言って肩を竦めた。

そして鼻で笑う。

「そういう男は、手紙を何通も用意して、数打つつもりに決まってる」

憤慨したようにフェリシアは言った。

これにはケイティも苦笑いを浮かべてしまう。

（面と向かって伝えるのが恥ずかしい……っていう、気持ちが多分、分からないんだろうなぁ）

もし自分が男だったら、と考えると、ケイティもきっとロッカーの中に手紙を入れてしまうタイプだろう。

「それに大して親しくない男子と踊ってもなぁー。いや、ダンスパーティーの会場で申し込まれたら、まあ踊るけど。最初の、それも一曲目ではそれは選ばないだろ」

「じゃあ……フェリシアさんの言う〃親しい男子〃ってのは誰ですか？」

「む、難しいことを聞くな……」

フェリシアは頬を掻きながら、〃親しい男子〃の顔を思い浮かべる。

あいつらなら踊っても良いかな……とフェリシアは一瞬だけ思ったが、それを口にするのは何だか恥ずかしかった。

それに〃あいつ〃と〃あいつ〃と〃あいつ〃というように複数名の名前を出すのは少々〃はしたない〃し、かと言って一人だけ名前を挙げると、まるでその人物に特別に気があるように捉えられてしまう。

……もちろん、フェリシアと親しい、フェリシア以上にフェリシアのことを知っている可能性があるケイティがそんな勘違いをするはずもないのだが、フェリシアも思春期の女の子である。

「アーチボルトとか、親しいぞ？」

返答に困ったフェリシアは、年上の先輩の名前を出して誤魔化すことにした。

フェリシアは十三歳で、アーチボルトは十六歳。

あり得ない年齢差ではないが……しかしアーチボルトから見るとフェリシアは幼すぎるだろう。

これがフェリシアが十五歳、アーチボルトが十八歳程度になれば話は別だが、少なくとも、現状では双方にとって恋愛対象にはならず、仮に踊る相手になったとしても兄が妹の、もしくは先輩が後輩の面倒を見てあげるような形になる。

適当に流すには都合の良い名前であった。

「も、もう寝よう！　そろそろ時間だしさ！」

「むぅ……そうですね」

誤魔化されたことには気付いたケイティだが、ムリに詮索してフェリシアに嫌われるのも嫌だったので、この場では諦めることにした。

……この場では。

(ダンスパーティーかぁー、どうしようかなぁ)

ライジングの朝練後、フェリシアたちと共に教室へと向かいながらアナベラは物想いに耽っていた。

これがほんの少し前までのアナベラならば「マルカム君か、クリストファー君か、もしくはチャールズ様からお誘いが来ないかしら！」とウキウキしていたことだろう。

が、しかし今はそんな気がしていなかった。

(フェリシアの仮説が正しいと、私って別に転生者なんかじゃないかもしれないのよねぇー。この世界がゲームなのかも怪しいし……)

アナベラが原作に沿って動いていたのは、その原作のファンだったからというのもあるし、チャールズたちが「推しキャラ」だったからという理由もある。

が、しかし一番大きな理由は「その方が楽だから」である。

どういう行動を取れば相手がどう返すか分かるのだから、これほど楽な人付き合いはない。

が、しかし今ではそのゲーム知識が怪しいという可能性が浮上してきた。

さすがのアナベラも、今更原作情報を鵜呑みにして行動するほど馬鹿ではない。

しかも思うままに行動したせいで、フェリシアのことを傷つけてしまったという〝失敗経験〟もあった。

フェリシアは許してくれたが、アナベラ自身は未だに少し、いやかなり気に病んでいた。

そのせいだろうか。

端的に言って……〝冷めて〟しまったのだ。

(冷静に考えてみると、恋愛って面倒くさいのよねぇー。ゲームだと楽だし、楽しいけど)

身も蓋もないことを考え始めるアナベラ。

正直なところ、今はフェリシアたちと一緒に仲良くして、マルカムとは男友達、クリストファーはたまに勉強を教えてもらう、チャールズとは一定の距離を置いて仲良くする……という距離感を気に入っていたため、敢えて恋愛をしようという気持ちにはなれなかった。

と、そうこうしているうちにロッカー室に辿り着く。

ここは持ってきた荷物を置いたり、貴重品を預けたり、場合によっては教科書を置いたりしておく場所だ。

それぞれ専用のロッカーが存在し、鍵が掛けられている。

そしてロッカーはポストのような構造になっており、外から手紙などを入れることができる。

生徒同士がやり取りをすることもあれば、教師が生徒を呼び出す時に使われることもある。

アナベラが荷物を置き、そして教科書を取り出そうとすると……

「むむ……また入っている」

フェリシアが眉を顰めながら声を上げた。

その手には手紙を持っている。

ブリジットとケイティは興味津々という様子でフェリシアの手元を覗き込む。

もちろん、アナベラもだ。

「誰からですの？」

「さすがにそれをここで明らかにするほど、私は性格悪くない」

そう言って手紙を鞄にしまうフェリシア。

ここ最近は、こういう光景は珍しくない。

「フェリシアって、随分モテるんだね。あ、これは嫌味じゃなくて……」

ふと思ってしまったことを口に出してから、慌てて自分で自分をフォローするアナベラ。

アナベラの中では、フェリシアが、正確には〝悪役令嬢〟がモテているような印象はない。

もちろん、悪役令嬢であるフェリシアには原作からして美少女という設定があったから、男性から人気を集めることはおかしなことではない。

が、ゲームで主人公以外の人間、それも敵キャラの恋愛模様がじっくりと描写されるはずもないし、そもそもフェリシアには本来チャールズという婚約者がいた。

「お前が嫌味を言えるほど器用な性格じゃないってことは、知っている」

フェリシアはそう言ってため息をついた。

あまり嬉しそうには見えない。

これにはアナベラは内心で首を傾げてしまう。

アナベラ自身、男性から言い寄られたら悪い気はしない（もちろん、強引には嫌だが、ラブレターをたくさん貰う分にはそれなりに嬉しい）し、そもそもフェリシア自身が「自分は目立ちたがり屋だ」とアナベラに言っている。

普通ならばそれなりに喜ぶべきところだ。

「嬉しくないの？」

「んー、まあ最初は正直、ちょっと嬉しかったんだが……最近は何と言うか、下心が透けて見える気がしてなぁー」

「下心？」

アナベラは首を傾げた。

ブリジットとケイティも、フェリシアの言う〝下心〟が分からなかったらしく、二人とも不思議そうな表情を浮かべている。

「どういうことですか？」

ケイティが尋ねると、フェリシアは頰を掻きながら答えた。

「うーん、何というかさ。没落した貧乏貴族なら、ちょっと財力をちらつかせたり、家の復興を手伝うって言ってやったりすれば、簡単に釣れそうだ……って思われている気がするんだよなぁー。それにさ、こういう手紙を出してくるってことは、ちょっとは見込みがあると思われているってことだろ？　何か甘く見られている気がするんだ。……考えすぎかもしれないけどな」

なるほどと、アナベラは内心で相槌を打った。

これはフェリシアの気のせいではなく、実際にその通りなのかもしれない。

原作のフェリシアは、まさに高嶺の花、近寄りがたいカリスマがあった。

しかし今のフェリシアは……親しみやすい。

決して高嶺の花ではないのだ。

アルスタシア家そのものは没落しているためその財力や政治力は期待できないが、しかしアルスタシア家が一級品の〝青い血〟であることは変わりなく、フェリシア自身も相当な美少女だ。

〝訳アリ商品〟的な感覚でモテているという可能性は否定できない。

特にチェルソン家のような「金はあるが歴史はない」家にとっては、フェリシアは垂涎物だろう。

アナベラは足が数本取れた〝お得な〟タラバガニの姿をフェリシアに重ねながら思った。

「まあ、ダンスパーティーのパートナーなんて、その場で決めれば良いんだ。……それよりも、私はプレゼントの方が心配だぜ」

復活祭ではプレゼントを贈り合うのが習慣となっている。

魔法学園ではそれぞれ事前に宛名を書いて、プレゼントを入れた布袋を指定の場所に置いておけば、その日の夜にそれが配達される仕組みになっている。

「プレゼント？　何が心配ですの？　……もしかして、その、えっと、お金が……」

「買うようなお金が私にないのは、まあ事実だ。でも、プレゼントは用意してあるから、安心して欲しい。大したもんじゃないけどな」

お金がないのは事実なので、フェリシアはアナベラたちのためにハンカチを縫った。

両親に対しても同様のものを贈るつもりでいた。

そこそこ可愛らしくできたと思っている。

「……それよりも、私が心配しているのは、妖精さんがちゃんと来てくれるかだ……」

心底心配そうに言うフェリシア。

思わずケイティ、ブリジット、アナベラは顔を見合わせた。

妖精さん、と言っても色々な妖精さんがいる。

が、復活祭における妖精さんとなれば、「今年一年間、良い子にしていた子にプレゼントを届けてくれる」妖精さんだろう。

もちろん、そんなものはいない。

もしいたとしたら、その正体は両親だ。

「私……ここ、四年間で一度も貰ってないんだよ……」

酷くしょげた声でフェリシアは言った。

当然と言えば、当然だ。

フェリシアの両親には、フェリシアにプレゼントを贈る余裕などなかったのだから。

「まあ、確かに……ちょーっと、いや、かなり悪い子だったし？　くれないのはしょうがないかもしれないけどさぁ……期待はするだろ？　でもさ、覚悟はしていても、やっぱりないとしょげるというか……別に私だって好きで〝悪い子〟になったわけじゃないのにぃ……はぁ……」

ぐすぅ……っとやや涙ぐむフェリシア。

「別に高い物なんて、頼んでないのに……裸足は痛いし、寒いから靴をくださいって、それすらもダメってのはちょっと厳しすぎると私は思うんだ……い、いや、〝悪い子〟の私が悪いのかもしれないけどさぁー。でも、お金持ちの子は貰えてるんだろう？　そんなの、ちょっと、ズルいじゃんか……靴くらい、くれたって良いのに……」

　それからフェリシアはアナベラの方を向いた。

　そしてやや半泣きの涙目で尋ねてくる。

「なあ、どう思う？」

「え、えっと……」

「私、今年は例年よりは〝良い子〟にしたとは思うんだよ。い、いや……まあ、図書館から本は無断で借りたりしたけどさ、ちゃんと返したし？　これはノーカンだろ？　それに良い成績も取ったし、ラグブライも頑張ったし……ほら、人助けもしたじゃん？　今年は貰えても良いんじゃないかなって思ってるんだけど……別に高い物は頼んじゃいない。本当だ……飴玉一個でも良いから、欲しいんだけど……」

　アナベラの脳裏には、毎年枕元をチェックしては落ち込む幼き頃のフェリシアの姿が浮かんだ。

　正直、可哀想だなと思い、うるっと来てしまう。

「確か、この学園ってホーリーランド校長が論理結界を張ってただろ？　妖精さん、入って来られるかな？　それが心配で心配で……いや、まあ……私なんかには、プレゼントをくれないかもしれないけどさぁ……ぐすぅ……」

「大丈夫よ、フェリシア！　そもそも妖精さんなんて、ウンぐぅ‼」

ウソっぱちだから。

そもそもいないから、別にフェリシアが〝悪い子〟だからじゃない。

と、教えてあげようとするアナベラの口をケイティとブリジットが塞いだ。

そして強引にその場から連れ出す。

不思議そうにフェリシアは首を傾げている。

「(な、何をするのよ！)」

「(それはこっちの台詞です！　そんな現実は、まだフェリシアさんには早いです！)」

「(そうですわ！　せめて、妖精さんにプレゼントを貰う喜びをちゃんと教えてあげてからじゃないと！)」

「(い、いや……でも妖精さんなんて、大嘘じゃない？　どうすんのよ)」

「(それは……そうだ！　私たちで用意しましょう！)」

「(名案ですわ！　八歳から十二歳まで、四年分を用意してあげましょう‼)」

「(それは……)」

割と名案ではないかと、アナベラも思った。

そもそもだがフェリシアのもとに妖精さんが来ないのは、大本の原因はアナベラである。

ここは罪滅ぼしも兼ねて、一肌脱ぐべきだ。

「分かったわ！　やりましょう！　私たちが妖せんっぐ！」

「（声が大きい！！！）」

「……？」

きょとんと、フェリシアは一人首を傾げていた。

※

「相変わらず、遅いな」

フェリシアたちが教室に着くと、すでにマルカムは教室で席に座っていた。

同じチームに所属しているのだから、フェリシアもマルカムも練習を終えたのは同じ時間。

にもかかわらずマルカムの方が先に教室に辿り着いているということは、マルカムに比べてフェリシアの支度が遅いということになる。

「ふん、女子にはいろいろあるんだよ」

練習を終えたらどうしても汗を流したり、下着を替えたりしたくなる。

水浴びをすれば髪が濡れるから、それも乾かさなければいけない。

髪が傷まないように丁寧に気を遣ったりと、大変なのだ。

が、しかしそういう苦労があるとは思い至らないマルカムは、やや馬鹿にするように笑いながら言った。

「そう言えば、女子だったな」

「そう言えばって、何だ！　そう言えば、とは！」

フェリシアは不機嫌そうに眉を顰める。

もっとも……不機嫌〝そう〟なだけで、別に不機嫌ではないし、特別傷ついているというわけでもない。

こういうやり取りはいつものことだった。

「というか、すんすん……」

「な、なんだよ……」

急に顔を近づけてきたフェリシアに対し、マルカムは困惑の声を上げる。

当然のことではあるが、「そう言えば、女子だったな」というのはマルカムにとっては軽い冗談で、本気でフェリシアのことを男子だとは思っていない。

こんなに可愛い女の子が男子のはずがない。

幼馴染み(おさななじ)の美少女に顔を近づけられれば、少しどぎまぎしてしまう。

「お前、臭うぞ？」

「あ、ああ⁉」

眉間(みけん)に皺(しわ)を寄せて言うフェリシア。

思わぬ一言にマルカムは思わず声を上げ、そして自分の服に鼻を近づける。

「くんくん……そ、そうか？」

たまに寝坊をして寝癖も直さずに登校してくるような粗雑(そざつ)な男子であるマルカムだが

……

女子に「臭う」と指摘されれば、さすがに気になる。

「ああ、汗臭い。お前、水浴びをしてないだろ。何のためにシャワー室があると思っているんだ」

魔法学園は上下水道が完備されているので、水に関しては蛇口を捻(ひね)れば使える。

圧力はアナベラの世界のように機械ではなく、大規模魔術が使用されているが。

「う、うるさい！　女子じゃあるまいし、そんなことするか！」

「男子でも、最低限の身だしなみってものがあるだろ」

意固地になるマルカムに、呆(あき)れ顔のフェリシア。

と、そこへ丁度、ノーブルでの練習を終えたチャールズが教室へ入ってきた。

彼はフェリシアを見つけると、すぐに近づいてきた。

「ん？　おお、チャールズか。おはよう」

「ああ、おはよう、フェリシア。……と、ところで、その、実は……」

チャールズは何故(なぜ)か緊張した顔で、小さな声で、歯切れ悪くフェリシアへ話しかけた。

「その……あ、あとで話が……」

「そうだ！　ちょっと、失礼するぜ。すんすん……」

しかしチャールズの声が小さかったせいで聞こえなかったのか、それともマルカムとの論争の方にフェリシアの意識が向いていたのか。

フェリシアはチャールズの話を聞かず、その形の良い鼻先をチャールズの衣服へと近づける。

「え、えっと……」

急に自分の首元や腋の近くに顔を近づけ、臭いを嗅いでくる元婚約者にチャールズは困惑の声を上げる。

チャールズでなくとも、普通の男子ならば困惑するし、それを通り越して恥ずかしい思いを抱くだろう。

「あ、あの……フェリシア。そろそろやめて……」

「チャールズ、お前、香水付けてるな」

「え？　まあ、そうだけど……もしかして、臭かったかい？」

本人はお洒落のつもりでつけているんだろうけど、つけすぎで、または石鹸や汗の臭いと混ざって臭い……ということはよくある。

ちょっと心配になって尋ねるチャールズだが、フェリシアは首を左右に振る。

「いや、良い匂いだぜ。さすが、良いセンスしているな」

「あ、ありがとう……えっと、何の話をしているんだい？」

「マルカムが汗臭いんだ。こいつ、練習後にシャワーを浴びてないんだ　信じられないだろ？」

チャールズはマルカムに視線を移す。

確かにチャールズも、たまに「ああ、彼は練習後に汗を流していないんだな」と思う程度には汗臭さを感じたことはある。

「マルカム、お前もチャールズを少しは見習えよ」

「はぁ？　香水つけろってか？　俺には合わねぇよ。それに、よく嗅がなきゃわかんないくらいの臭いなら、別に良いだろ？」

「別に香水をつけろとまでは言わないけど、シャワーは浴びるべきだろ、最低限」

フェリシアとマルカムは揃ってチャールズの方を見た。

チャールズは内心で困りながらも、微笑を浮かべながら答える。

「ま、まあ……別にマルカムの臭いはそこまで気になるほどのものじゃないから、本人の自由だと思うけどね」

多少の汗臭さは感じたことはあるが、それを特段に不快だと感じたことはない。

……実際、練習中はみんな臭いし、ついでに言えば部室はもっと臭うからだ。

その辺りはライジングもノーブルも変わらない。

「でも、最低限濡れたタオルで全身を拭くくらいは……まあ、してもいいんじゃないかな？」

どちらも敵に回したくなかったチャールズはどっちつかずの返答をすることにした。

結果、どちらもそれなりに満足そうに、それ見たことかと相手の方へドヤ顔を向ける。

「そう言えば……えっと、私に何か用でもあるのか？」

「え？　あ、いや……今は良いよ！」

「そうか？」

逃げるように去って行くチャールズに、フェリシアは不思議そうに首を傾げた。

とはいえ、そろそろ授業が始まってしまう。

フェリシアはいつもの前の席へと座った。

隣には当然のように、クリストファーがいた。

「朝から君は元気だな」

「誉め言葉として受け取っておく」

互いに皮肉の応酬（おうしゅう）をする二人。ここまでは朝の挨拶のようなものだ。

普段はここから雑談に入るのだが……

今日はクリストファーの様子が、少し違った。

何かを決心したような、緊張した面持（おも）ちで、やや震えた、小さな声でフェリシアに話題を振ろうとする。

「ふん……と、ところで、その……」

「そう言えばさ、そろそろ復活祭だよな」

「へ、あ、ああ!!　そうだな！」

「……どうしたんだ？」

急に動揺し始めるクリストファーに対し、フェリシアは疑念を抱く。

だがクリストファーは首を何度も左右に振る。

「な、何でもない！　え、えっと……な、何だ!?」

「ん？　いやさ、お前って、毎年、妖精さんからプレゼントを貰ってる？」

「妖精さん？」

クリストファーは思わず首を傾げた。

が、彼は元々頭の回転が速い男だ。

故(ゆえ)にすぐさま、「フェリシアが実は妖精さんをこの年で信じている」という可能性に行き着いた。

そしてクリストファーはそれなりに気遣いができる男である。

「まあ、そうだね。貰っているよ」

フェリシアの夢を壊さないように答えてあげるクリストファー。

我ながら完璧な回答だと自画自賛するクリストファーだが……

「そうか……お前は、貰っているんだな。……そうだよな。お前は真面目だもんな」

「え、えっと……」

「私さ……四年間、貰ってないんだよ。何か、コツとかないかな？」

クリストファーは賢い男だ。

が、しかし同時に少し抜けている。

フェリシアの貧困具合と、妖精さんを信じているにもかかわらずその妖精さんからプレゼントを貰えていない、という可能性には行き着くことができなかった。

「い、いや……それは……」

「すまない。変なことを聞いたな。……気にしないでくれ」

そう言ってため息をつくフェリシア。

完全に機を逃したクリストファーも、内心でため息をつくのだった。

放課後。

「皆さん、よく集まってくれましたわ」

ブリジットは空き教室にアナベラ、ケイティ、そしてチャールズ、クリストファー、マルカムを集めた。

全員がフェリシアと親しい、友人たちだ。

目的は「フェリシアのために妖精さんになろう作戦」の計画を練ることである。

ちなみに男子三人にはすでに、目的は話している。

「しっかし、あいつ、まだ信じてたのかぁー」

しみじみとマルカムが語る。

クリストファーは眉を顰める。

「まだ、とは？」

「いや、昔……まあつまり、俺とフェリシアがアルバ王国のイェルホルムに住んでた時な。あいつがさ、妖精さんが云々言うから、言ってやったのよ。妖精さんなんているわけねぇだろ、バーカ！ってさ。そうしたらあいつ、『お前、そういうこと言うと、妖精さんが来てくれなくなるだろ！　お前のせいで来てくれなかったら、どうしてくれるんだ‼』って、本気で怒ってきてさぁ……頭は良いのに、妙に素直っていうか、メルヘンな奴だよな」

マルカムはそう言って肩を竦めた。

「いるわけがない」と否定されても、プレゼントを貰えなくても信じ続けているというのは、随分と健気な話だった。

と、マルカムの思い出話は一旦置いて、六人は作戦会議を始める。

こういう〝サプライズ〟はされる方よりもする方の方が案外楽しいもので、六人の話はだんだんと白熱していく。

それ故に、気付かなかった。

「何の話をしているんだ？」

「「「「うわぁああ！！！」」」」

「な、何だよ……お化けでも見たみたいに」

フェリシアの登場に慌てふためく六人。

そんな六人の心境も知らず、フェリシアは興味津々という様子で詰め寄る。

「で、何の話だよ！　私を抜きにするなんて、狡いじゃんか。なあなあ、笑い声が聞こえたけど……面白い話なのか？　私にも一枚嚙ませろよ！　……そう言えば、復活祭が云々って、言ってたな。何の話だ？」

六人はどうやって誤魔化すか、必死に考えを巡らせる。

最初に口を開いたのは……意外なことに、アナベラだった。

「ダンスパーティーの話をしていたのよ！」

「……ダンスパーティー？」

「そうです！　ほら、誰と踊るのかって‼」

「ふーん」

期待外れの内容に、フェリシアは興味をなくした様子だった。

が、すぐに首を傾げる。

「でも、何でこそこそ話していたんだ？」

「こ、こそこそなんて、してませんわ」

「ふーん」

今度の「ふーん」は疑念の「ふーん」だった。

懐疑の色を強めるフェリシアに対し……マルカムは誤魔化すために話題を振った。

「ダンスパーティーと言えば、母さんがうるさいんだよな」

「お前の母さん？」

「そうそう……相手はいるのか！　とか、見つけたのか！　可愛い子なのか！　とか、手紙を送ってきてさ。恋愛脳で困るんだよな、あの人は」

マルカムの母親は貴族ではなく、平民だ。

マルカムの父親と身分違いの恋（とついでに不倫）をしてマルカムを産んだのだ。

「まあ、あの人ならそういう手紙を送ってきそうだな」

一応、フェリシアも親しくはないもののマルカムの母親とは面識があった。

喧嘩友達として、紹介されたことがある。

マルカムがイェルホルムの街で喧嘩に明け暮れてもそれを止めず「やんちゃねぇー」などと言うほど能天気な人物の顔を、フェリシアは思い浮かべながら苦笑する。

「というか、教えてやればいいじゃんか」

「そもそもいねぇって。まあ、そう送ると早く見つけろとか、うるさいから無視しているんだけどな」

マルカムがそう言うと、フェリシアは意外そうに目を丸くした。

「へぇー、いないのか。意外だな」

マルカムは身嗜み等は粗雑ではあるが、顔は整っているし、何よりラグブライで活躍している。

チャールズほどではないが、女子人気は高いので、フェリシアには少々意外だった。

「まぁ……親しい女子なんて、お前らくらいしかいないし。大して話したこともない女子なんて、誘ったってしょうがないし、相手にも失礼だろう？」

「マルカムのくせに、良いこと言うじゃん。私のロッカーに手紙を放り込んでくる、下心しかない男子共に爪の垢を煎じて飲ませてやりたいな」

フェリシアが笑いながら言うと……今度は驚くのはマルカムの方だった。

「ん？　あれ？　お前、まだパートナーいないの？」

「お前が親しくもない女子と踊る気がないように、私も親しくもない男子と踊りたくなんてないぜ？　全部、丁重にお断りしているさ」

フェリシアはそう言って肩を竦めた。

これにはチャールズとクリストファーは内心でホッと息をつき、そして小さく拳を握りしめ、心の中でガッツポーズをする。

……フェリシアを密かに狙っていた二人にとって、フェリシアが現状フリーというのは嬉しい情報だった。

（親しくない男子とは踊りたくない……その点、僕は元婚約者だ。……勿論、彼女が好きというわけではないが、しかし、王太子として相手は見つけなければいけない。その点、彼女は元婚約者という関係だから、別におかしくはないはずだ）

（ま、まあ……別に好きというわけではないが、マルカムと一緒で、僕も両親がうるさいからな……）

べ、別にフェリシアのことが好きなんかじゃないけど、一番都合が良いから、誘うんだから！

勘違いしないでよね！

などと脳内で言い訳をしながら、フェリシアを誘う計画を練る二人。

この時までは、二人はとても幸せだった。

……この時までは。

「なーんだ、言ってくれれば良かったのに。もうとっくに先約がいるのかと思ってたから、遠慮してた俺が、馬鹿みたいじゃないか！」

「遠慮……してた？　いや、それって……」

フェリシアが聞き返すよりも先に、マルカムはフェリシアの方へ、手を伸ばした。

「俺のパートナーになってくれないか？　お前となら、踊りたい」

「……」

フェリシアは目を見開いた。

そして僅かに頰が朱色に染まり、そして照れた様子で頰を掻いた。

それからマルカムを見つめ、微笑んだ。

「喜んで！　私からも、お願いしますわ」

そう言ってその手を取った。

マルカムの顔も少しだけ赤くなり、そして僅かに目を逸らす。

「急に女口調になるなんて、気持ち悪い……い、痛い、痛い‼」

「とっても素敵で美人、の間違いだよな？」

「は、はい！　とっても素敵で美人です‼」

手を握りつぶされて悲鳴を上げるマルカム。

憤慨した様子のフェリシア。


だが何だかんだで二人は幸せそうだった。


一方……

（ああ、やっぱり狙っていたんですのね）

（ちょっと可哀想ですねぇー、ぐずぐずしていたのが悪いんですけどね）

（哀れ……早く誘えば良かったのに。ああ、そう言えばゲームでもヒロイン側から暗にアプローチを掛けないと動かないんだっけ。全く……フェリシアはわざわざ攻略しに来てくれるほど親切じゃないって、知っているはずなのに。自業自得ね）

一方、ブリジットとケイティとアナベラは死んだ目をしている男二人に哀憫の眼差しを送るのだった。

※

マルカム・アルダーソンはアルバ王国の、エングレンド王国との国境線近くにある町、イェルホルムで庶子として生まれた。

父親の名は知らず、家族は母親だけだった。

マルカムの母は常日頃から「あなたのお父さんはね、実は貴族なのよぉー」などと言っていたが、マルカムは信じていなかった。

マルカム母は服飾関係の仕事に就いており、女の身でありながらそれなりの収入があった。

そしてマルカムは信じていなかったが……母の言う通り、マルカムの父親はエングレンド王国の貴族、アルダーソン家の跡取りだった。

双方接触はしていなかったが、文通はしていたようで、そしてマルカムの父親はこっそりと金銭的な支援をしていた。

そのためマルカムは裕福とは言えないものの、食べる物や着る物には困らない生活を送ることができた。

しかし金銭的に豊かであるからと言って、精神的に豊かでいられるかはまた別の話だった。

マルカムは庶子であり、母親は未婚だった。

未婚であるにもかかわらず子供を孕むというのは、アルバ王国でもエングレンド王国でも外聞は良くない。

そして結婚関係を経ずに生まれた子供に対しても、世間の風当たりは良くない。

マルカムの母は能天気な人物だったのでそれほどそれを気にしてはいなかったが、マルカムは密かにそれを気にしていた。

近所の子供たちにも、それを馬鹿にされることがあった。

そのたびに怒ったマルカムは喧嘩で自分を馬鹿にする者を叩きのめしていった。

気付くと、マルカムはイェルホルムでは有数の実力を持つ不良、という立ち位置に収まっていた。

別に人を殺したことはないにもかかわらず、『撲殺のマルカム』などという、物騒な綽名、二つ名までついた。

……十三歳のマルカムにとっては、思い返してみればこの綽名は大変恥ずかしい物なのだが、当時のマルカムはそれなりにこの綽名を気に入っていた。

十歳くらいの年になると、既に「喧嘩のために喧嘩をする」ようになり始めていた。

自分の強さをひけらかすのは楽しかったし、マルカムの母も「誰に似たのかしらねえ」などと能天気に笑い、特に止めることもしなかったため、マルカムは増長した。

なお、マルカムが十歳ほどの幼い年齢にもかかわらずそれほど喧嘩が強かったのには、絡繰りがある。

マルカムは無意識的に、身体能力強化の魔法を行使していたのだ。

魔力の扱いに関しては、この時からそれなりに才能があったのだ。

さて、そんなマルカムの耳に……とある噂が届いた。

何でも、〝フェリックス〟という名前の、とても強い、十歳ほどの不良少年がいる。

しかもその人物は、イェルホルム最強とまで言われているらしい。

イェルホルム最強は自分であると思っていたマルカムにとって、これは聞き捨てならない噂だった。

しかも同年代だ。

強いライバル心を抱くのも当然。

故にマルカムはその〝フェリックス〟を捜し出した。

〝彼〟は案外、簡単に見つかった。

髪は短く切られた金髪。

容姿はまるで女の子のように整っている。

背は低く、やや痩せていて、手足は細い。

服装は……正直なところ、ややみすぼらしかった。

手には木の杖を持っている。

はっきり言って、弱そうだった。

「お前がフェリックスだな？　俺の名前はマルカム！　お前を倒して、俺がこの街で最強であることを証明してやる」

「正直やる気はないけど、降りかかる火の粉は自分で払うぜ」

フェリックスという少年は、やや面倒くさそうにそう答えた。

その綺麗な顔をボコボコにしてやるぜ！　と言わんばかりにマルカムは愛用の鉄製の棒を振り上げ、フェリックスに襲い掛かった。

そして……ボコボコにされた。

マルカムにとっては初めての挫折だった。

ものすごく、悔しかった。

だから来る日も、来る日も、マルカムはフェリックスに挑んだ。

そのたびに返り討ちにされた。

マルカムを叩きのめすたびに、フェリックスは呆れ顔で言うのだ。

「お前もよく飽きないな」

屈辱だった。

悔しくて悔しくて、堪らなかった。

さて、そんなある日。

マルカムは街の不良たちに囲まれ、窮地に陥った。

マルカムに対して恨みを抱いている不良は少なくなく、彼らが徒党を組んで、恨みを晴らそうとしたのだ。

さすがのマルカムも多勢に無勢。

ここまでか、とマルカムが思ったその時だった。

マルカムに襲い掛かろうとしていた不良が吹き飛ばされた。

「今日は顔を見せないからおかしいなと思ってみれば、随分と楽しそうなことをしているじゃないか」

そこにはニヤリと笑う、金髪の少年がいた。

「私も交ぜてくれ」

「……礼は言わないぞ」

「礼？　私はたまたま、ここを通りたいだけ。そのためにはそこにいる、屑共が邪魔だから、その掃除をするってだけだ。お前こそ、私の邪魔をするなよ？」

初めての共同作業……というほど、ロマンティックな物じゃなかった。

が、二人は背中を合わせて戦った。

お互いそれなりに手傷は負ったが、不良たちを叩きのめすことに成功した。

以来、マルカムにとってフェリックスは喧嘩相手ではなく、喧嘩友達へと変わった。

喧嘩をするのは変わらないが、それ以外にも二人で話をしたり、ちょっとした買い物をするくらいにはなった。

……その時期からか、フェリックスは何故か、男のくせに髪を伸ばすようになった。

しかも髪を伸ばすだけでなく、それをリボンで可愛らしく、結ぶようになったのだ。

生活に余裕が出てきたのか、服もみすぼらしいものから、清潔で、そして……妙に可愛らしくなり始めた。

挙げ句の果てに、時折ズボンではなく、スカートを穿くようになったのだ。

それだけではない。

一緒に立ちションをしようと誘うと「バカやろう‼」と怒鳴ったり、冗談でお尻や股間を触ろうとすると烈火のごとく怒り、こちらを殴ったりするのだ。

変な奴だなと、マルカムは思っていた。

……これで気付かないマルカムの方がよほど変なのだが、男だと思い込んでいたのだから仕方がない。

さて、それからしばらくの月日が流れ、ある日マルカムとその母親のもとを、アルダーソン家の使者が訪れた。

というのも、マルカムの父親を巡る情勢がやや変化したのだ。

まず数年前の時点で、マルカムの父親の正妻が男児を生まずに亡くなっていた。

結果、アルダーソン家ではマルカムの父親の存在が度々、話題に上がっていた。

しかしアルダーソン家の家長――つまりマルカムの父親の父親――が、平民との間の庶子を跡取りとすることに反対していた。

だがマルカムの祖父に当たる人物も亡くなり、マルカムの父がアルダーソン家の家督を正式に継いだ。

マルカムの父親は、晴れてマルカムとその母親を迎え入れることができるようになったのだ。

そういう事情でマルカムはエングレンド王国、ロンディニアへと移り住むことになった。

アルバ語とエングレンド語は言語上姉妹関係にあるため、言語の上ではそれほど苦労することはなく、新生活の上での不安はそれほどなかったが……

フェリックスと別れなければならないことは、マルカムにとっては気掛かりだった。

しかしマルカムがイェルホルムから移り住むことをフェリックスに告げると、フェリックスは快活に笑って答えた。

「……約束だ」

「え？」

「また会おうって、ことだよ」

フェリックスは頰を赤らめていた。

その姿はまるで女の子のようで――実際は女の子なので当たり前なのだが――マルカムは思わず、胸を高鳴らせてしまった。

「ああ、約束だ」

その気持ちを少し誤魔化すように、マルカムはそう言ってからフェリックスの拳に自分の拳をぶつけた。


さて、再会は意外に早かった。

魔法学園入学式の前、寮に向かう途中にばったりと出会ったのだ。

久しぶりに出会ったフェリックスは……

可愛らしく、やや改造された女子学生服を着ていた。

髪は以前よりも艶(つや)やかで、まるで女の子のように編(あ)み、リボンを結んでいた。

「もしかして……フェリックスか⁉　なんで、この学園に……というか、男のくせにどうしてスカートなんて穿いて……痛い！」

フェリックスは唐突(とうとつ)に、マルカムの脛(すね)を蹴り上げた。

思わず脛を押さえ、抗議の声を上げる。

「蹴るなよ！」

するとフェリックスは、憤慨(ふんがい)するように言った。

「私が女の子だからに決まってるだろ！」

なんと、マルカムが男友達だと思っていたフェリックスは、フェリシアだったのだ。

これには大いに驚いたが……

すぐに納得できた。

こんなに可愛い子が男のはずがないのだ。

むしろ気付かなかった自分の方がおかしいと、マルカムはフェリシアに対して取っていた以前の態度を思い出しながら、悶絶（もんぜつ）した。

一度、女だと意識してしまうと……

どうしても、ドキドキしてしまう。

男だと思っていた時も何気ない動作で思わず胸を高鳴らせてしまうことはあったのだが、一度女の子だと気づくと、挙動の一つ一つが可愛らしく思えてしまう。

しかもフェリシアの方は以前と変わらない態度で、距離も近い。

悶々（もんもん）とした思いを抱いたのは、一度や二度ではなかった。

マルカムがもっとも強く、フェリシアの〝女性〟を強く意識したのは歓迎会でのダンスパーティーだった。

赤い、オフショルダーのドレスを着て現れたフェリシアに、マルカムは思わず見とれてしまった。

彼女と話したい、近づきたいと、強く思った。

だからフェリシアの方へと、歩みを進めた。

するとフェリシアはマルカムに対し……微笑（ほほえ）んだ。

マルカムは頭が真っ白になってしまった。

「馬子（まご）にも衣裳（いしょう）だな」

出た言葉は、自分でも酷いなと思うようなものだった。

フェリシアもそう思ったのか、やや失望した顔で、そして呆れ顔で言った。

「はぁ……マルカム。少しでもお前に期待した私が、馬鹿だったぜ。……あと、ネクタイ、曲がっているぞ」

そう言ってフェリシアは、マルカムの胸元へと手を伸ばしてきた。

まるで姉か母親にでもあやされている気分になり、マルカムは気恥ずかしく、そして情けない気持ちになった。

「マルカム、お前、踊れるか？」

ダンスの授業はあったし、家でも家庭教師から多少教わった。

しかしお世辞にも上手いとは言えなかった。

フェリシアが自分を誘ってくれたことは嬉しかったし、踊りたいとは思ったが……

フェリシアの足を盛大に引っ張ることになるのは、目に見えていた。

フェリシアの前で、まるで道化のようになるのは、嫌だった。

「踊れると思うか？」

マルカムはそう言って、フェリシアからの誘いを断ってしまった。

その時……フェリシアはやや残念そうな、寂しそうな表情を浮かべた。

マルカムは数秒前の自分の選択を、強く後悔した。

しかしもっと後悔したのは、その後だった。

エングレンド王国の王太子、チャールズがその場にやってきたのだ。

フェリシアの元婚約者だとは、聞いていた。

その元婚約者は、マルカムとはまるで正反対だった。

気の利いた言葉でフェリシアを褒め、ダンスを申し込み、そして見事にフェリシアと踊ってみせた。

自分との差を見せつけられているようだった。

フェリシアとの喧嘩に負けた時と同じ、いや、それ以上に悔しかった。

だから……次、機会があったら、彼女と踊りたいと思った。

さて、月日が流れ……復活祭が近づいてきた。

そこではダンスパーティーが行われると聞き、マルカムはダンスの練習にいつになく真面目に取り組んだ。

しかし……元々、マルカムは恋愛や色恋沙汰にはさほど興味がない。

フェリシアに対しても、仲の良い女友達と踊りたいと思っているだけで、別に恋人になりたいとは、思ったことも考えたこともなかった。

そのため「一曲目で踊りたい相手がいれば事前に申し込まなければならない」というルールについては、知らなかった。

気付くと、復活祭も近づいていた。

フェリシアは男子に非常に人気がある。

可愛いし、話しやすいし、明るいし、頭も良く、何だかんだで面倒見も良くて、そして何より（没落したとはいえ）名門アルスタシア家の血を引いている。

どうせ、もうとっくにダンスを申し込まれ、それを承諾（しょうだく）しているだろう……

そう諦めていた。

「諦めていたんだけどな……」

マルカムはネクタイを締め直しながら呟いた。

姿見で髪型や服装を確認する。

今度はフェリシアにネクタイを締め直してもらうような、情けない姿は晒したくない。

……いや、割と締め直してもらうことそのものは悪い気はしないのだが、しかし今回は頼りがいのある姿を見せたいと思っていた。

あくまで、友達として。

そう、友達として、だ。

「全く……みんな、揶揄（からか）いやがって……」

フェリシアのことが好きなのか？

などと散々に揶揄われたことを思い出し、マルカムはため息をついた。

「さて、待合室に行くか」

一曲目で踊る者は、後から一緒に会場に入る決まりになっている。

マルカムはフェリシアを待つために、待合室へ向かった。

しばらく待っていると……

「待たせたかな？」

真っ赤なドレスを着たフェリシアが現れた。

軽く化粧をしているのか、いつもよりもずっと綺麗に見えた。

前回とは異なり、艶やかな金髪を一つにまとめ、前に垂らしている。

フェリシアはマルカムを見上げ、じっとその目を見つめていた。

前回のことから、おそらくはドレスの感想を求められているのだろうと、マルカムは察した。

マルカムは学習できる男だ。

「えー、ああ……金髪に紅い色がよく似合っているよ」

「二番煎じかよ」

やや不機嫌そうな声音でフェリシアは言った。

歓迎会の時にチャールズがフェリシアを褒めた言葉を真似たことに気付かれたマルカムは、照れ隠し半分で反論する。

「わ、悪かったな！　というか、それを言ったらお前も前と同じドレスを……いや、ちょっと、違うな」

前と同じ真っ赤なドレスを着ていると思っていたマルカムだが、よく観察してみると、微妙にデザインが異なる気がした。

「……前よりも、ちょっと大人っぽくなっているな。えっと……そっちの方が、俺は好き、かな？」

「へぇ、良く気付いたじゃないか。しかし、気に入ってくれて何よりだぜ」

フェリシアの表情が柔らかくなる。

今度のマルカムの言葉は、大正解だったらしい……目に見えて機嫌が良くなっている。

「ま、まあ……前と一緒ってのは、間違いじゃないんだけどな。その……金がなくてな。新しいのを買えなくて……その、ちょっと弄って使い回しているんだ」

フェリシアは恥ずかしそうに頬を掻きながらそう言った。

服装を気にしていたのは自分だけではないと知り、マルカムはホッと、息をついた。

「ところでお前の服だけど……」

「お、おう！」

「……身構えるなよ。私を何だと思っているんだ」

心外だと言わんばかりにフェリシアは言った。

が、しかし機嫌は良さそうだ。

「うん、良く似合っている。ネクタイも曲がってないし、髪もちゃんと整えているみたいだな。すんすん……」

「お、おい……」

「香水もつけてるんだな。あ、これはチャールズと同じ奴だな。あいつに聞いたのか？」

「ま、まあ……な」

結局、以前のフェリシアの忠告に従う形になってしまったことに、マルカムは若干の悔しさを感じていた。

ついでに言えば、チャールズに頼ったことも、マルカムとしては遺憾なことだった。

しかし逆にフェリシアは自分の助言を受け入れてくれたことに機嫌を良くしたのか、バシバシとマルカムの肩を叩く。

「いやー、お前もちゃんとすればカッコいいじゃないか！　見違えた！」

「そ、そうか？」

「ああ！　普段から、こうやってれば、もっとモテるだろうに。勿体ないぞ？」

「……別にモテたいと思ってないから、良いんだよ」

「そうか？　じゃあ、今日は特別ってことだな」

フェリシアはそう言うと、マルカムの方へと手を伸ばしてくれる。

「エスコートをお願いできますか？　ジェントルマン」

そして悪戯っぽく笑った。

マルカムは力強く、頷いた。

「任せてください、レディ」

そして手を取った。

※

「……ちょっと恥ずかしいな」

「そうか？　私は気分が良い」

腕を組みながら、フェリシアとマルカムは入場した。

他の者たちと一緒の入場だが……フェリシアはそれなりに有名人なので、やはり目立っていた。

「パートナーがみすぼらしいなら、話は別だけどな。幸い、私のパートナーは一級の紳士だ。……今はだけどな」

フェリシアは小声でそう言って、ウィンクを飛ばしてきた。

褒めているのか、貶しているのか、微妙な言葉を掛けられたマルカムは何と答えれば良いか分からなかった。

そしてあらかじめ指定された場所に立つ。

「周囲の目なんて、気にするなよ。……始まってしまえば、私と、お前だけだ」

「……そうだな」

音楽と共に、二人は踊り始めた。

それからしばらく。

「いやー、それにしても。マルカム、お前も意外と踊れるんだな！」

「ま、まあ……コツを摑めば、どうってことはないだろ？」

ダンスの時間はあっという間に過ぎた。

意外に上手に踊ってみせた男友達に、フェリシアは労いの言葉を掛けた。

何度か危うい場面はあったが、以前と比べるとずっと上達している。

そもそも……ダンスというのは、結局は運動だ。

だからスポーツの才能があれば、ダンスにもそれなりの才能があるということになる。

マルカムは一年生でありながらラグブライで活躍している。

その気になれば、習得するのはさほど難しくはないのだろう。

「しかし……やっぱり、ちゃんとすればお前はカッコいいな。普段からそうすれば良いのに」

「さっきも言っただろ？　今回だけだよ。……いろいろ、面倒だし」

「じゃあ、目に焼き付けておこうかな」

ぐるぐるとマルカムの周りを回りながらフェリシアは言った。

さすがに気恥ずかしくなったマルカムは、フェリシアの腕を摑み、やめさせる。

「やめろって……そんなにジロジロ見んなよ。見世物じゃないんだぞ？」

「いやー、あの『撲殺』のマルカムがこうなるとは思わなくてだな……」

「その二つ名は、もう二度と言わないでくれ」

「ええーっ！　カッコいいじゃないか、撲殺。人を殺したことないけど、撲殺」

「さすがに怒るぞ？」

マルカムがそう言うと、フェリシアは笑いながら謝る。

「いや、悪い悪い。昔を思い出してな。……そう言えば、お前って、ずっと私のことを男だと思っていたのか？　変だなとか、思わなかったのか？」

「い、いや……だって、初対面は男みたいな恰好してただろ？　フェリックスって、男の名前だし」

「それにしたって……」

「し、仕方がないだろ？　……凄く可愛い女の子みたいな、男だと思ってたんだよ」

マルカムがそう言うと……フェリシアの頬が朱色に染まった。

頬を掻き、困惑した表情を浮かべながら、上目遣いでマルカムを見つめる。

「そ、そういう何気ないのは……一番、照れるな。狙ってやったのか？」

「えっと……何がだ？」

「い、いや……な、何でもない。忘れてくれ」

不覚にもときめいてしまったフェリシアは、そう言って誤魔化す。

そして内心で呟く。

（こいつは将来、相当な女誑しになるかもなぁ……）

無自覚は一番質が悪いのだ。

フェリシアはマルカムの将来を案じる。

「そう言えば……今夜は妖精さんが来るはずだよな」

フェリシアは誤魔化すようにそう言った。

実際、フェリシアにとってはかなり気掛かりなことだった。

「え？　あ、ああ！　そ、そうだな！」

「……どうした？」

何故か動揺し始めるマルカムに、フェリシアは首を傾げる。

が、それよりもプレゼントが貰えるかどうかが気になって仕方がないフェリシアは、マルカムの不自然な挙動に関しては気にしないことにした。

「私、大きな靴下を編んだんだ！　ちゃんとプレゼントが入るようにな！」

当初は酷く不安がっていたフェリシアだが、ケイティたちが事あるごとに励まし続けたためか、今ではすっかり貰える気でいる。

……実際、マルカムたちの計画が上手くいけばフェリシアは四年分のプレゼントを貰えることになっているのだ。

プレゼントを受け取り、大喜びをするフェリシアの姿を思い浮かべ……

思わず、マルカムは笑ってしまった。

するとフェリシアは頰を膨らませた。

「むむ……今、笑ったな？　お前、もしかして……まだ妖精さんなんていないって、思ってるだろ？」

「え？　ああ、いや……そんなこと、ないぞ」

マルカムはクリストファーの失敗談を思い出しながら、慎重に言葉を選ぶ。

「……そうなのか？」

「あ、ああ。あー、実はロンディニアに移って、不良を、喧嘩をするのをやめてから、貰えるようになったんだ。うん、だから妖精さんはいる。お前も絶対に貰えるよ」

マルカムがそう言うと、フェリシアは目を輝かせた。

「それ、本当だよな？」

「ああ、もちろんだ」

「よし……私、期待しちゃうからな？　ふふ……、まあ、私は今年、かなり良い子だったからな！　お前にお裾分けできるくらい、貰えるはずだぜ」

ニコニコと幸せそうに、上機嫌なフェリシア。

そんなフェリシアを見ながら、マルカムは思うのだった。

（悪いな、クリストファー。俺はお前の屍を越えていくのだ……）

勝手に殺されたクリストファーは、会場の片隅でクシャミをした。

舞踏会の後。

「ああ……今夜、来るんだよな？　妖精さん」

「ええ、もちろんですよ、フェリシアさん」

「ああ、明日が待ち遠しい！」

そう言ってベッドの上で貧乏揺すりをするフェリシア。

いつになく上機嫌……だが、すぐに不安そうな表情になる。

「……貰える、よな？」

「あ、当たり前じゃないですか！」

ケイティは大きく首を縦に振りながら、計画を思い返す。

(四年分、今年も含めて五年分のプレゼントは、さすがにこの部屋に隠しておけませんからね。……深夜、アナベラさんとブリジットさんが自室に隠していたプレゼントを私が受け取り、そしてそれを靴下に入れる。これで完璧です)

問題があるとすれば……

フェリシアがちゃんと、寝てくれるかだ。

「でも、フェリシアさん。ちゃんと寝ないと……妖精さんは来てくれませんから」

「や、やっぱり、そうなのか？」

「はい、そうです。さあ……もう、寝ましょう」

ケイティは強引にフェリシアをベッドへと押し込んだ。

そして毛布を掛ける。

それからケイティは自分のベッド――二段ベッドの上――へと上がる。

「じゃあ、フェリシアさん。おやすみなさい」

「あ、ああ……おやすみ」

灯りが消えた。


深夜。

密かに起きていたケイティは、ゆっくりとベッドの梯子を下りて、フェリシアの顔を覗き込む。

「ん……妖精さん……」

「……寝てますね」

フェリシアがしっかりと寝ていることを確認すると、ケイティはプレゼントを回収するために部屋を出た。

慎重にドアを閉める。

「妖精さん……うぅ……どうして、今年も……良い子にしてたのにぃ……」

一人残されたフェリシアは悪夢にうなされていた。

「ふふ……フェリシアさん、きっと喜ぶだろうなぁ……」

プレゼントを五つ、抱えたケイティはひっそりと部屋へと戻ってきた。

失敗は許されない。

僅かに杖で灯りを作り、そしてフェリシアがせっせと編んだ大きな靴下にプレゼントを仕舞おうとする。

「……何をしているんだ？」

「……え？」

突如、ケイティの顔に明るい光が当たった。

フェリシアが杖を手に取り、灯りの魔法を使っていた。

「え、えっと……」

「もしかして、それ、私のために、か？」

「い、いや、その……」

「ケイティ！！！」

困惑しているケイティに対し、フェリシアは抱き着いた。

ギュッと、両手でケイティを強く抱擁する。

「ありがとう……私のために……お前は、最高の友達だ‼」

そう言ってからフェリシアはケイティから離れた。

その瞳には、僅かに涙が浮かんでいた。

「なんか、気を遣わせちゃって、ごめんな。……私が妖精さんから貰えないから、用意してくれたのか？　……もしかして、アナベラやマルカムたちもか？　何か、様子がおかしいなと、ちょっと思ってたんだけど」

「え、いや……は、はい。その、騙すような形になって、申し訳……」

「ううん、良いんだ！」

フェリシアは大きく首を横に振った。

そして満面の笑みを浮かべた。

「私は、十分に嬉しい！　妖精さんに貰えなくたって……お前たちとの友情があれば、それで十分だ！」

「そ、そう……ですか？」

ケイティの目には、それはフェリシアの強がりのように見えた。

だが……失敗してしまったものは、仕方がない。

ケイティは酷く申し訳ない気持ちになりながら、プレゼントを渡す。

「えっと、受け取ってください」

「うん、ありがとう！　朝に開けさせてもらう」

フェリシアは受け取ったプレゼントをベッドの下に置くと、布団に潜り込んだ。

「じゃあ……私は寝るぜ。夜更かししていると、妖精さんが来てくれないからな」

「は、はい……えっと、おやすみなさい……」

こんなことなら、妖精さんなんて最初から存在しないのだと、伝えておけば良かった。

ケイティは深く、後悔した。

翌朝、ケイティは下から聞こえる物音と啜り泣きで目を覚ました。

恐る恐る、下を覗く。

「え、えっと……フェリシアさん？」

「ぐすぅ、ケイティ……」

ケイティの目に映ったのは、涙目でこちらを見上げるフェリシアだった。

辺りには裏返された靴下や、ひっ剝がされたシーツなどが散乱している。

フェリシアが何をしていたのか、想像できた。

「ケイティ……上、見せてもらって良いか？」

「え、えっと……は、はい」

ケイティが頷くと、フェリシアは半泣きで上へと上がってきた。

そして毛布やシーツを念入りに調べる。

「やっぱり、ないな……ぅぅ……」

「え、えっと……その、ほら！　私も、貰えてませんから！　だ、だから、その……」

「……ごめん、ケイティ。お前は一回目かもしれないけど、私は……これで、五回目なんだ」

そしてうぇんうぇんと泣き始めるフェリシア。

ケイティにはどうしたらいいか、分からなかった。

女子寮のホール。

ここにはそれぞれの寮生に届けられたプレゼントが積み上がっている。

例年ならキャッキャと喜び合う女の子たちの姿が見えるのだが……

今年は異様な雰囲気に包まれていた。

「ひっぐ……うぅ……酷い……酷いよぉ……」

普段は快活に笑い、周囲のムードメーカーとなっているあのフェリシアが……

号泣(ごうきゅう)しながら現れたのだ。

それをケイティが必死に慰めている。

そこへ、空気の読めない者が一人。

「おはよう！　フェリシア!!　プレゼントは貰え……」

「ぐすぅ……」

さすがのアナベラも、すぐに察した。

失敗したのだと。

「ケイティさん、これは……どういうことですの？」

「す、すみません。私のせいです……」

同時に現れたブリジットが、ケイティに責めるような視線を向ける。

これにはケイティも反論できない。

「……貰えなかった。プレゼント……今年も、これで、五回もぉ……」

シクシクと泣きながら、フェリシアはアナベラとブリジットの方を見た。

そして尋ねる。

「……貰えた？」

「い、いや……貰ってないわ！」

「私も、貰ってないですわ！」

私たちも仲間だから、元気を出して！

と言いたげにアナベラとブリジットは言った。

しかし……

「うぅ……ひっぐぅ……ごめん、今、良かったって、思っちゃった……」

「え、えっと……」

「その……」

「い、いや……」

「当然、だよな。……妖精さんの代わりに、プレゼントを用意してくれるような、最高の友達の……不幸を喜ぶようなやつなんて、貰えなくて……当たり前……ぐすぅ……」

そう言ってフェリシアは膝から崩れ落ちる。

そして淀んだ目で、ポツリと零す。

「もう、死にたい……うぅ……」

すっかり病んでしまったフェリシアに、アナベラとブリジットはどう声を掛けて良いか分からなかった。

だが、ケイティはやや強引にフェリシアを立たせる。

「妖精さんはダメでも、他の人からはきっと、プレゼントが届いていますよ！　私も、夜のやつとは別で、用意しましたから！　ほら、ね？　元気を出して‼」

とりあえず、プレゼントを見せれば少しは元気になるだろうと考えたケイティは、フェリシアをプレゼントのところまで連れて行こうとする。

一方、フェリシアは酷く落ち込んだ顔でケイティたちに謝る。

「う、うん……ご、ごめん。私、今、変なこと言った……お前らに当たっても、仕方がないのに……はは、やっぱり、カエルの子はカエルって、ことだよな……母さんのこと、笑えない……」

自分は悪い子だ、屑だ、犯罪者だ、盗人だ、ダメな奴だ、卑怯者だ、親不孝者だ……とネガティブなことを呟くフェリシアを、なんとかプレゼントのところまで誘導する。

「ほら、フェリシアさん！　一杯、来てますよ‼」

フェリシアのプレゼントは他よりも、明らかに多かった。

フェリシアの日頃の行いのおかげだろう。

普通ならば喜ぶべきところだが……しかしフェリシアにはその余裕はないらしい。

「……うん、そうだな。妖精さんは、くれなかったけど」

そして小さくすすり泣く。

ケイティたちは困ってしまった。

「あ、あの……フェリシア！　よく、聞いて。実は、妖精さんなんてものは……」

実は存在しない。

だから貰えないのは当たり前なんだ。

と、アナベラはフェリシアに伝えようとする。

が、それを遮るようにブリジットが大きな声を上げた。

「待って‼　あ、ありますわ……妖精さんからの、プレゼントが‼」

「……そういう嘘は、良いんだ」

「本当ですわ‼」

そう言ってブリジットはプレゼントの箱の一つを手に取った。

そしてそれをフェリシアの目の前へ、持っていく。

フェリシアの目が……大きく、見開かれる。

「フェリシア・フローレンス・アルスタシア殿へ……冬の妖精より。え？　……こ、これ、本当？」

「他にも！　あと四つ、合計五個もありますわ‼」

ブリジットはそう言って、フェリシアの前にプレゼントの箱を積み上げる。

フェリシアの表情が……徐々に明るくなる。

「う、嘘……本当に？　……あ、こ、これ、妖精さんからの、手紙？」

プレゼントの一つには、手紙が貼りつけてあった。

フェリシアはそれを剝がし、中を確認する。

「『四年間、プレゼントを贈れなくてごめんね』……よ、妖精さん。私のこと、忘れて、なかったんだ……私、悪い子じゃなかったんだ……」

そしてフェリシアは丁度、近くにいたブリジットに抱き着いた。

「貰えた……貰えた……貰えたよぉ！！！！！」

ブリジットを絞め殺さんとする勢いで抱き着くフェリシア。

ケイティとアナベラはそれを遠巻きに見守りながら、小声でやり取りする。

「最初から、送り名を『妖精さん』にして送れば良かったんですね……そんなことで騙されるなんて、単純……」

「何と言うか、凝りすぎちゃったね。それにしても……誰が送ったのかしらね？」

二人は首を傾げた。

「貰えた‼　貰えた‼　貰えた‼」

「よ、良かったですわ……ぐぇ……た、助けて……」

誰が送ったかは不明だが……。

とりあえずフェリシアが喜んでいるならば良かったと、ケイティとアナベラは顔を見合わせて笑った。

アルバ王国、イェルホルムの街。

「喜んでいるかしらね？　フェリシア」

一人の女性が、魔法学園にいる娘のことを思い浮かべながら言った。

すると男性が苦笑しながら言う。

「……案外、もう信じていないかもな。あの子も、もう十三歳だ」

それからため息をつき、拳を強く握りしめる。

「四年間も、あの子に渡せなかったなんてな……」

「アンガス様……ご自分を責めないで。私も……同罪です。ずっとあの子の側にいたのに、頼りっきりで……今年になるまで、気付かなかっただなんて……」

「それを言ったら……そもそもお前たちを捨てて逃げてしまった、私がすべて悪い……」

二人は揃ってため息をつく。

「フェリシアには、本当に悪いことをした……」

「親、失格よね……」

そんな両親の苦悩も知らず、フェリシアは無邪気に喜び、ブリジットを殺しかけるのであった。

第四章　元悪役令嬢は……

gensaku kaishimae ni botsuraku shita akuyaku reijo ha idai na madoshi wo kokorozasu

さて、復活祭を過ぎるとフェリシアたちには、魔法学園有数の大イベントが待ち受けていた。

「さあ、諸君！　ついに、ラグブライの公式戦が始まるぞ‼」

夕方のミーティングで、アーチボルトは大きな声で宣言した。

もっとも、各人言われなくとも分かっていることではあるが。

「念のために、公式戦の概要を説明しようか」

引退が間近なマーティンが立ち上がって、簡単な説明を始めた。

公式戦はトーナメント方式で行われる。

公式に登録されたチームのうち、選抜された八チームが争う。

準々決勝、準決勝、決勝で三勝することができれば優勝となる。

なお、公式登録されているチームは八チームだけではなく、準々決勝に進むまでには予選を勝ち抜く必要がある。

ただし前年度三位までに食い込んでいるチームにはシード権が認められ、準々決勝に進むことができる。

「確か前年度は……」

「ノーブルが優勝、我々ライジングが準優勝、そしてレッドドラゴンズが三位だ。……今年こそは、絶対に優勝するぞ‼」

アーチボルトが強い声で宣言する。

それからマーティンが苦笑しながら、付け足す。

「最低でも、三位には入ってもらわないとね」

「やっぱり、三位以内に入っていた方が有利なのか？」

フェリシアが尋ねるとマーティンは頷いた。

「まあ、他のチームが予選やら何やらで時間を使っている間に、こちらはコンディションを整えることができるからね。もっとも……」

「しかし実戦経験は不足しがちになる。上級生は良いが……一年生には、不足する経験を練習でしっかりと補ってもらわなければな！」

ニヤリと、アーチボルトは笑った。

あー、これは藪蛇だったなとフェリシアは今更ながら後悔したが、もう遅い。

「今年は一年生が二人もいる。……キャプテン、やはり練習時間を増やすべきじゃないか？」

「そうだねー」

普段はアーチボルトの暴走を止めるのが、マーティンの役割だ。

フェリシアとマルカムはマーティンに期待の眼差しを送るのだが……

「うん、僕は今年が最後だからね！　二人には多少ムリをしてでも、頑張ってもらおう！」

「よし！　そう決まったからには、練習メニューを新しく組み直さなければな‼　フェリシア、マルカム、覚悟しておけよ‼ 二人については特別に、念入りに、重点的に、鍛えてやるからな‼」

「「……はい」」

ため息交じりに二人は返事をするのだった。

それからしばらくの時間が経った。

「いてててて……」

綿を使って傷口に薬を塗られたフェリシアは、小さな悲鳴を上げた。

魔法薬が傷口に染みるのだ。

練習後、自室にてケイティに怪我の応急処置をしてもらっているのだ。

「大丈夫ですか？」

「大丈夫だ。続けてくれ」

ケイティはフェリシアの怪我の治療を続行する。

大怪我はないものの、擦り傷などの小さな傷や痣などは全身の所々にあった。

「終わりです。痕にならなければ良いですけど」

「全くだぜ。アーチボルトのやつも、マーティンも、おかしいとしか思えない」

フェリシアはそう言って、ベッドの上に寝転がった。

怪我も辛いが、それ以上に全身に疲労がたまっている。

「まあ、上手くなった気はするから、良いんだけどな。……マーティンのためにも、優勝してやらないと」

「そうですね。私たちも、頑張ってサポートします。もうそろそろですよね」

「ああ。予選も終わって、一週間もすれば準々決勝が始まる。私たちの相手は……レッドドラゴンズだ。かなりの強敵だぜ」

ロンディニア魔法学園で一、二を争うチームとしてはライジングとノーブルの名が挙げられる。

この二つのチームが有名なのはその実力もあるが、それ以上に長い歴史があり、元メンバーに国の有力者が大勢いるからだ。

つまり知名度はともかくとして、純粋な実力では、この二つが特別に飛びぬけているというわけではない。

いくつかのチームの中には、二つに迫るほどの実力があるチームもある。

そのうちの一つがレッドドラゴンズであり、彼らは過去にライジングやノーブルから優勝杯を奪ったこともあるほどの実力派だ。

「いきなりレッドドラゴンズってのは、ついてないぜ。ここで負けたら……二位から八位まで転落の上、来年は地道に予選から勝ち上がらなければならなくなる。責任重大だ」

と、口では言うもののフェリシアの表情には自信が表れていた。

優勝することができるだけの練習を積み重ねてきた。

だから実力を出し切れれば、必ず勝てる。

そう確信しているのだ。

「そう言えば、フェリシアさん。招待状は出されたんですか？」

「ん？ああ。師匠と、あとは父さんと母さんにな」

魔法学園のラグブライ公式試合はエングレンド王国でも有数のイベントで、国中から人が集まる。

そのため観戦するには席の予約が必要だが……

出場するメンバーには、自分の身内に優先して席を用意する権利が与えられる。

フェリシアは三枚のチケットをそれぞれ、手紙で郵送した。

「師匠は文句を言いながら来てくれると思うんだけど……父さんと母さんはちょっと、分からないな」

「え？……そうですか？」

逆ならばともかく、両親が来ないということはあるのだろうか？とケイティは首を傾げる。

フェリシアと両親が微妙な関係にあることは、当然ケイティも心得ている。

そして……最近、その関係がそれなりに修復されてきていることも知っている。

だからこそ、両親が来ないというのは不思議な話だ。

「いや……だって、ほら。……貴族も当然、来るだろ？　顔を合わせたくないんじゃないかなって思って」

「あぁ……」

貴族の称号を剝奪され、平民落ちしたアンガスやフローレンスにとっては、エングレンド王国の貴族と顔を合わせるのは少々気まずいだろう。

フェリシアはそれを気に掛けていた。

「まあ……父さんと母さんが来ようと、来なかろうと、やることは変わらないけどな！　必ず勝つぜ！」

ニヤリと、フェリシアは勝気に笑うのだった。


一週間後。

ついに準々決勝の日が訪れた。

ライジングの面々はチーム全員で円陣を組んでいた。

それぞれ手を重ね合わせる。

「絶対に勝つぞ！」

「「おおお！！！」」

気合いの声を上げた。

それから競技場に入場し、それぞれの持ち場につく。

「フェリシアさん、頑張ってください！」

「リラックスですわ！」

「大丈夫、勝てるはずよ！」（原作通りなら……）

ケイティ、ブリジット、アナベラたちも観客席から声援を送るが……

それは観客たちの声に掻き消され、フェリシアたちの耳には聞こえていなかった。

もっとも、聞こえずとも彼女たちが応援してくれていることはフェリシアたちには自明の事実であり、その期待に応えようと、闘志を燃やしていた。

ただ一人……フェリシアだけが、チラリと観客席に視線を送っていた。

（さすがに……この距離からだと、分からないな……）

指定した席の場所は覚えてはいるのだが、観客席は広く、そして遠い。

人は豆粒のように小さく見える。

そこからマーリンと両親の三人の姿を確認するのは、少し難しい。

目を凝らして見れば分かるかもしれないが……

生憎、注視しているほどの時間はなかった。

「まあ、いてもいなくても、変わらない。全力を尽くすだけだ」

フェリシアが呟くのと同時に、試合開始を告げるホイッスルが鳴った。

心臓が高鳴り、緊張が最高潮に高まる。

同時に……全身が熱くなり、集中力が高まる。

「良し！」

木から飛び降り、フェリシアは風に乗り、空へと舞った。

巧みに四枚の羽根を操作して気流に乗り、全身の筋肉と両足の魔導具でバランスを取る。

そしてボールの位置を目で追う。

ボールは……レッドドラゴンズの手にあった。

敵の前衛が、こちらへと攻め上がってきている。

「フェリシア！　押さえろ!!」

「おう!!」

マーティンの指示に、フェリシアは力強く答えた。

気流に乗り、大きく宙返りをして、それから地面へと重力を味方につけて加速する。

そして体を丸め、突進の姿勢を取る。

これに対し、敵もフェリシアを受け止める動きを見せるが……

「引っかかったな！」

衝突するすれすれで敵を回避、そしてすれ違いざまにボールを奪う。

そしてすぐさま、マルカムへボールを投げ渡す。

「マルカム！」

「任された！」

ボールはマルカムの手に。

そしてそのまま……ゴールへと、シュートを決めた。

「まずは、先制点！」

ニヤリと、フェリシアは笑みを浮かべた。

しかし……

試合はまだ始まったばかりだ。

※

フェリシアの懸念とは裏腹に、アンガス・ジェームズ・アルスタシアと、フローレンス・アルスタシアの二人は会場にやって来ていた。

確かにエングレンド王国の貴族と顔を合わせたくないという気持ちはある。

が、しかしそれは愛娘の晴れ姿に比べれば、大したことではない。

……フェリシアを不幸にしてしまったという負い目があった二人は、親としての矜持を取り戻すためにも、ちゃんとやって来ていたのだ。

だが……

会場に来たからには、どうしても貴族とは顔を合わせてしまう。

大抵は目を逸らされるか、嘲笑される程度で済むが、中にはわざわざ二人に話しかけてくる者もいた。

「いやぁ、お久しぶりですなぁ。お元気そうで何よりです。アルスタシア殿」

「……これはこれは、ガスコイン殿」

アンガスに話しかけてきたのは、ガスコイン家の当主、ブリジットの父親だった。

元々はアルスタシア家の派閥に属していた彼だが、アルスタシア家が没落した今は旧アルスタシア家の派閥を受け継いでいる。

否、乗っ取ったというべきか。

ガスコイン卿はアンガスの隣の席に腰を下ろした。

そこは指定席であり、別の誰かの席だが……現在のガスコイン家の権勢に優る家はエングレンド王国では精々二つか三つ程度であるため、少しの間ならば特に問題はないと彼は判断したのだろう。

実際、その席に座るべき人物は周囲にはいなかった。

「あなたの娘さんには、うちの娘が随分と世話になっているようです。この前の長期休暇の時は、口を開けばフェリシア、フェリシアと言っていましてね」

「それはどうも。……子供同士、仲が良くて結構なことです」

アンガスが無難に返すと、ガスコイン卿は肩を竦めた。

「いや、私は困りますよ……うちの娘が、変な遊びを覚えないか心配でしてね。知っていますかな？　あなたの娘さん、しょっちゅう真夜中に出歩いているそうではありませんか」

　実際のところ、アンガスもフローレンスもそのことは初耳だった。

　真偽の判定はできない。

……が、随分と〝ヤンチャ〟をしているという情報は、ホーリーランド校長から聞いていた。

「あなたの教育がしっかりしていれば、あなたの娘が、うちのヤンチャ娘の真似をすることはないでしょう。それとも、ご自身の教育に何か不安が？」

とはいえ、娘を侮辱されたことにも、それを出汁に挑発されたことにも腹が立ったアンガスはすぐに言い返した。

……負けず嫌いでプライドが高く、そして皮肉気な言い回しは、まさしくフェリシアの父親だった。

「限度というものがありましてね。どんなに新鮮な林檎も、腐った林檎の近くに置けば腐ってしまう。あなたの娘さんのせいでね、ブリジットはライジングなどという平民ばかりのチームのマネージャーを始めたんですよ」

「林檎のような柔らかい精神では、あっさりと腐ってしまうでしょうな。貴族たるもの、鉄のような心を持たなければ。名高いガスコイン家の娘さんならば、大丈夫でしょう。

……もういいですかね？　そろそろ試合が始まるんでね。後にしてもらいたい」

競技場では選手の入場が始まっていた。

試合に、愛娘の雄姿に集中したかったアンガスは面倒くさくなり、適当に流し始めた。

が、その態度が癇に障ったらしく、ガスコイン卿は口を閉じなかった。

「聞けばライジングというチームは、平然と酒を学内に持ち込んで、飲むような連中の集まりだそうじゃありませんか。直接言わなければ、分かりませんかね？　うちの娘が不良になって、飲酒や校則違反、盗みを覚えたらどうしてくれるんだ。そっちの方から、関わりを断つように……っぎゃ!!」

「邪魔だ、退け！　クソガキ!!」

突如、ガスコイン卿が椅子から転げ落ちた。

同時に周囲から失笑が漏れる。

……ここはライジングの応援席であり、ライジングのファンやその関係者が大勢いた。

そんな場でライジングを侮辱していたガスコイン卿は周囲からヘイトを買っていたのだ。

そして「うちの可愛いフェリシアちゃんが飲酒なんてするわけないじゃないか、この野郎」と内心で腹が立っていたアンガスとフローレンスも内心でざまぁ見ろと歓喜する。

が、すぐに冷静になる。

一体、どうして彼は間抜けなことに椅子から転げ落ちたのか？

「何をするんだ！　貴様!!」

「ああ？　蹴り飛ばしたのよ。分からないの？　はぁ……そんなことも分からないとは、この国の教育も地に落ちたわね。〝猿のお遊戯会〟じゃなくて、〝鶏のお遊戯会〟に認識を変えた方が良いかしらね？」

ガスコイン卿を蹴り飛ばしたのは、十五歳ほどの見た目の白髪の少女だった。

手には樫の杖を持っている。

少女はガスコイン卿が座っていた席に、腰を下ろす。

「そういうことを言っているんじゃない！　私を誰だと……」

「自分の席と他人の席の区別がつかない鶏頭でしょう？」

そう言って白髪の少女は鼻を鳴らした。

それからガスコイン卿の反論を待つまでもなく、だらだらと早口で話し始める。

「まあ、ライジングが品性のない連中の集まりであるという点は認めるけどね。あそこにいるのは、人間のクズばっかりよ。オズワルドの馬鹿がその典型的な例。あんたの娘は、もう手遅れ。とっくに、お下劣な連中の仲間入りをしているわ。だからもう遅いわよ。腐って原型すらなくなっているでしょうね。まあ、鶏の娘なんだから、そもそも最初からそのレベルかもしれないけど。もっとも……私から言わせてもらえれば、ラグブライなんていう、野蛮で生産性のない、危険な玉遊びをやろうなんて発想をする時点で、頭がイカれているとしか言えないけど。ライジングだろうが、ノーブルだろうが、レッドなんちゃらだろうが、ラグブライをやっている時点で、馬鹿の集まりであるという事実は間違いないわ。はぁー、全く……なんでこんな、空飛んで玉を投げ合うだけのお遊戯会を見に来なければならないのかしらね」

ガスコイン卿どころか、周囲のライジングファン、否、会場全体のラグブライファンを侮辱する発言を捲し立てる白髪の少女。

これにはガスコイン卿も唖然とするしかない。

「はぁ……全く、あの馬鹿弟子は。どこで育て方を間違えたのやら……ラグブライを始めるなんて。それもこの私に見に来いだなんて、図々しいにも程があるわ。……まあ、しかし馬鹿弟子を諭しに来てやるのも、師匠の仕事だから、仕方がないけれどね」

「……もしや、魔導師マーリン様、ですか？」

馬鹿弟子、という言葉にふと思い至ったアンガスが尋ねる。

その言葉に周囲は騒然となる。

魔導師マーリンと言えば、世界最高峰の錬金術師として、そして滅多に人前に出てこない偏屈な魔導師として有名な存在だ。

一方、アンガスに尋ねられたマーリンはムスッとした顔で答える。

「だから、何？」

「えっと……その、うちの娘が、大変お世話に……」

「ああ、もしかしてフェリシアの馬鹿親？　あなたたちの話は、フェリシアから聞いているわよ。どうしようもないクソ親だってね。まあ、あなたの馬鹿娘も負けず劣らずだけど？　カエルの子はカエルってのは、まさにこのことよね」

「ワハハハ！　相変わらず口が悪いな、チェルシー‼」

と、そこへ筋骨隆々の大男が出現した。

手には金属製の杖を持っている。

マーリンとは異なり、この男は公の場にしょっちゅう出てくるため……その顔を知っている者は多かった。

ローラン・ド・ラ・ブルタニュール。

誰かがその名を呼んだ。

ローランはマーリンの隣の席に腰を下ろす。

「今はマーリンよ、ローラン。どうしてあなたがここにいるのよ」

「君の愛弟子から、君が座る席を聞いたんだぜ？　ははは、フェリシア君に感謝だな！　いやー、久しぶり！　二十年ぶりくらいか？」

「死ね」

「ワハハハ‼　相変わらず、過激な愛情表現だ！」

「……フェリシアのやつめ、後でお仕置きしに行ってやるわ」

そう言ってからマーリンは軽く指を鳴らした。

その瞬間、マーリンやローランを中心に集まって騒いでいた人々が、突如二人のことを忘れたかのように静かになり、自分の席へと戻った。

それからマーリンはこちらを呆然と見ていたアンガスとフローレンスに対し、鼻を鳴らしながら言った。

「ほら、あなたたちの馬鹿娘の試合が始まるわよ。そっちを見なさい」

「「は、はい‼」」

慌(あわ)てて正面を向く二人。

それと同時に試合開始を合図するホイッスルが鳴り響いた。

最初はマーリンとローランが気になって仕方がない様子だったアルスタシア夫婦ではあるが……試合が始まると、フェリシアの活躍に大興奮し始める。

「おお！　フェリシアが取ったぞ！」

「で、でも敵が迫って……あ！　パスした‼」

「ゴールが決まったぞ！」

「あれはフェリシアのおかげよね！　やった‼」

キャッキャと手を叩き合うアルスタシア夫婦。

一方、マーリンとローランは至って落ち着いた様子で冷静に分析していた。

「ほぉ……フェリシア君も中々やるじゃないか」

「『ドラゴンフライ・ターン』と『ファルコン・フォール』からの、『ピックポケット』ね。まあ、そこそこって感じじゃない？」

しかし……ラグブライは危険なスポーツだ。

フェリシアの活躍もあり、ライジングは次々とゴールを決めていく。

無傷とはいかない。

「つきゃ‼　今、フェリシアがタックルを！」

「ああ‼　だ、大丈夫か⁉」

フェリシアの数倍はあろうかという巨漢の男子生徒に、まるでボールのようにフェリシアは吹き飛ばされた。

フェリシアの手からボールが離れる。

が、しかしそのボールはライジングの副キャプテン、アーチボルトの手に渡った。

「ボールは……ライジングのままね」

「し、しかし……フェリシアは無事なのか？　あんなに吹き飛ばされて……し、試合を中止した方が……」

「あれはああいう技よ」

マーリンは呆れ顔でアルスタシア夫婦にそう言った。

隣にマーリンとローランがいることを思い出した二人は、マーリンの方を向いた。

マーリンは淡々と解説を始める。

「『ビリヤード』。敢えて敵のタックルを受けて、その勢いを利用して移動したり、ボールを加速させて投げ渡したりする技よ。しっかりとした受け身ができていること、そして優れたバランス感覚がなければできない技。オズワルドのやつが得意としていたわね。しかし……ボールを投げるだけじゃなくて、自分までボールみたいに吹っ飛ぶなんて、本当にラグブライは頭がイカれているとしか言えないわ」

「「……」」

思わずアルスタシア夫婦は顔を見合わせた。

そして恐る恐るという様子でマーリンに尋ねる。

「え、えっと……お詳しいんですね」

「経験があるのでしょうか？」

「は、はぁ⁉　あるわけないでしょ！　こんな、野蛮なスポーツ……」

「チェルシーのやつは学生時代、ライジングのマネージャー兼参謀をしていたんだ。オズワルドとチェルシーがいた頃のライジングはまさに最強で……痛い、何をする‼」

マーリンに頭を叩かれたローランは悲鳴を上げる。

マーリンは腕を組み、不機嫌そうにアルスタシア夫婦を睨む。

「何よ。文句ある？」

「「あ、ありません……」」

さて、観客席でのそんなやり取りとは無関係に、試合は続く。

終盤に入ってきて……徐々にライジングの快進撃に陰りが生じていた。

「攻撃特化型チーム、ライジング。序盤は強いけど、終盤では体力が続かずバテてくる……その弱点は変わらないみたいね」

「この分だとノーブルも昔と変わらないのかもしれないな。いやはや、百年経っても変わらぬ伝統とは、実に面白い」

マーリンとローランは出来ればフェリシアに勝って欲しいと思っている。

が、負けてもそれはそれで良しと思っている。

負けることも貴重な体験だと、百年生きている二人は知っているのだ。

しかしそんな二人も顔を顰める事態が生じる。

フェリシアが敵に吹き飛ばされたのだ。

それだけならば、ラグブライではよくあることで、そしてフェリシアが吹き飛ばされたのはこれで三回目なので、別に驚くことではない。

重要なのは……その後だ。

急にフェリシアの動きが鈍り始めたのだ。

その動きにも、繊細さが欠けてきている。

「……反則ね。審判は何をやっているのやら」

「脇腹に肘が入っていたな。あれは痛いだろう。下手したら内臓をやられているかもしれん」

しかし試合では審判が絶対だ。

その審判が気付かなかった以上、反則としては成立せず、試合は続行される。

ラグブライはそういうルールになっている。

痛がったところで、無視されるか、最悪鴨になるだけ。

それをちゃんと心得ているのか、フェリシアは必死に試合に食らいつく。

……そしてフェリシアの手にボールが回る。

敵チームがフェリシアからボールを奪おうとする。

普段のフェリシアならばその巧みなセンスで容易く避けただろうタックルも……繊細さの欠けた飛行では難しく、すぐに捕捉され、直撃を受けてしまうだろう。

そうなれば……ボールは敵の手に渡り、ライジングの勝利は絶望的になる。

「ふぇ、フェリシア！」

「頑張れ!!」

「……」

涙を押し殺して頑張る弟子と、それを必死に応援する両親。

それを見たマーリンは……小さく、ため息をついて、立ち上がった。

「何をするつもりだ？　マーリン」

「世話の焼ける弟子を、少し助けてあげるのよ。……安心しなさい。勝負に手出しはしないわ。ただ……声を届かせるだけ」

そう言って軽く杖を振った。

（つく……は、吐きそうだ……）

脇腹に強烈な一撃を貰ったフェリシアは、吐き気と腹痛を堪えながら、必死に空を飛んでいた。

明らかに恣意的な反則だった。

しかし……審判に気付かれない以上は、どうしようもない。

ラグブライではこういう事故は多いため、審判がその場で直接見ていない限りは反則にならないのだ。

「フェリシア！」

「ああ‼」

ボールがフェリシアの手に回ってくる。

点差はすでになく、同点になっている。

試合終了まで五分を切った。

このまま同点であれば、さらに三十分ほど試合時間は延長される。

長期戦になれば、ライジングは不利だ。

ここで一点を入れて、勝たなければならない。

しかしそれは敵も十分承知。

フェリシアからボールを奪おうと、敵が迫ってくる。

（ダメだ……集中力が……っく！）

その瞬間、強い衝撃がフェリシアの背中を襲った。

タックルが直撃したのだ。

「げっほ……」

背中側から、内臓が強く押しつぶされる。

強烈な衝撃が体内を駆け巡る。

脳が強く揺らされ……意識が遠のく。

（もう、ダメ……）

集中力が途切れ、二枚の羽根で挟んでいたボールが零れ落ちそうになる。

……その時だった。

「フェリシア‼　頑張れ‼」

「負けるな‼」

両親の声を聞いたような気がした。

フェリシアは歯を食いしばり、意識を持たせる。

「つくぁあああ‼」

腹筋に力を込め、宙返りをして、その勢いを利用してボールを投げ飛ばす。

ボールは……アーチボルトの手に渡った。

前衛のエースであるマルカムとアーチボルトがそれぞれ巧みにパスを回しながら、敵陣へと攻め入っていく姿がフェリシアの視界に映った。

当のフェリシアは……力を使い果たし、地面へと落下する。

クッションの中へと、体が吸い込まれる。

（お父様、お母様……）

薄れゆく意識の中、フェリシアは仲間の大歓声と、ライジングの勝利を告げる審判の声を聞いた。

※

「ん……は‼　試合は⁉」

保健室で目を覚ましたフェリシアは辺りをキョロキョロ見回した。

するとすぐ側でフェリシアが起きるのを待っていたアーチボルトが、ニヤリと笑った。

「俺たちの勝利だ。フェリシア」

「本当か？」

「ああ、フェリシアのおかげだ。もっとも……勝負はこれからだけどな！」

「おう！　早速、練習を始めないと……」

「少なくとも、今日一日は安静にしてもらいますからね」

フェリシアの言葉を、女医が遮った。

フェリシアとアーチボルトは思わず身を竦める。

「意識を失ったのは、軽い脱水症状を起こしていたから。怪我は目立った外傷もないから、一日休めば問題ないわ。ただし、絶対に一日、休みなさい」

「い、いやでも……今はラグブライの……」

「本来は二日というところを、一日に譲歩しているのです！　縛り付けてでも、寝かしますからね！　それと、Mr.ガーフィールド!!」

「は、はい！」

唐突に名前を呼ばれたアーチボルトは思わず背筋を伸ばした。

女医は額に皺を寄せながら、アーチボルトを咎める。

「後輩がムリをしないように、しっかりと体調管理をするのが、先輩であるあなたの役目でしょう！　こんなことがないように、気を付けなさい！」

「は、はい……反省しています」

アーチボルトはがっくりと肩を落とした。

アーチボルトのそんな姿はフェリシアにとっては新鮮で、思わず笑みを溢す。

「で、では……俺はもう行くからな。お大事に！」

逃げるように去って行くアーチボルト。

そして入れ違いに入って来たのは……

「と、父さん、母さん！」

「フェリシア、大丈夫？」

「大丈夫か？　フェリシア！」

フローレンスとアンガスはフェリシアに駆け寄った。

もっとも……アンガスはやや気まずそうではあった。

以前、フェリシアが病気になった時を含めなければ……フェリシアとアンガスは喧嘩別れしたままだったのだ。

が、しかしそれはアンガスだけが気にしている事実だ。

「やっぱり、来てくれてたんだ！　父さんと母さんの声援、届いたぜ！」

快活にフェリシアは笑った。

両親のことは、まだ許していないし、許せるようなものでもなかった。

憎しみは胸のうちに残っている。

だが……それはそれとして、フェリシアはやはり両親のことが好きだった。

たとえ尊敬できなくとも、親としてどうしようもない人物であると知っていたとしても、それでも二人のことが好きだったし、愛していた。

だから……応援に駆け付けてきてくれたことは、嬉しかった。

「そう言えば……師匠は来ていたか？　一応、席は二人の隣にしたんだけど……」

「ええ、来ていたわよ。ローラン様も来ていて、びっくりしたわ！」

「試合が終わるまではいたんだが……そのあと、どこかに行ってしまってな」

「なるほど。まあ、師匠は人混みが嫌いだからな」

とりあえず来てくれていたのは確かだ。

その事実にフェリシアは嬉しく思うのだった。

　さて、丁度その頃。

「久しぶりね、オズワルド」

　突如(とつじょ)、校長室に白髪の少女が現れた。

　何もないところから、唐突に出現したのだ。

　これには丁度、校長室にいた教師たちも驚愕(きょうがく)で目を見開く。

　これに対し、それほど驚いた様子もなくホーリーランド校長は対応した。

「ううむ、久しぶりじゃな。チェルシー……いや、マーリン」

　さらにどよめきが起こる。

　ホーリーランド校長と同年代の、かの高名な魔導師マーリンが、このような年若い少女——もちろん、魔法的な手段で老化を止めていることは明白だが——であることは教師たちにとっては驚愕だった。

「しかしなぁ、マーリンや。確かにこの時期は、ラグブライの観戦をする者に関しては学園内部に入れるようにしている。じゃが、校舎(こうしゃ)は別じゃよ」

　校舎や学生寮には無関係の者を防ぐための強力な論理結界が組まれている。

　そう易々(やすやす)と侵入できるものではないが……

「私の出入りを禁じたければ、最低でも**魔法**を使うことね」

「そういうことじゃなくてじゃなぁ、せめて事前に許可を申請するとか……」

「校則破りの常習犯が何を言っているの？」

「それは君もじゃろうて」

それからホーリーランド校長は校長室にいた教師たちに、一度部屋から出るように頼んだ。

学友と久しぶりに二人きりで話をしたいと言われて、それを拒否するような者はこの場にはいなかった。

「ローランには、会ったかのぉ？　会いたがっておったが」

「会ったわよ。相変わらず、暑苦しい奴だったわ。それに忙しないのも変わらない。すぐにどこかへ行ってしまったわ。俺の助けを求めている人が待っている、ってね」

「ふふふ……顔を出せば、茶くらいは出したのじゃが……まあ、良い」

それからホーリーランド校長は笑みを浮かべた。

そしてマーリンを揶揄（からか）うような口調で言った。

「しかし……君は相変わらず面倒見が良いのぉ」

「……面倒見？」

「ふふ、こうして弟子の試合を見に来ていることじゃよ。君は嫌々と言いながらも、何だかんだで見に来て……うぉお！　杖で殴ろうとするでない！」

「黙れ、死に損ない！」

慌ててマーリンの杖から逃れるホーリーランド校長。

マーリンは不機嫌そうに鼻を鳴らした。

「今日は……一応、挨拶に来てやったわ。うちの弟子が世話になっているわね」

「ふぉふぉふぉ……いやはや、随分と手を焼かされているよ。実にヤンチャな子じゃ。先日なんて、バーノン講師の机の引き出しの中に、二十センチ以上の大ガエルを入れてのぉ、講師室でゲコゲコと鳴きながら逃げ回って……実に愉快じゃったわい」

「一メートルの蛇を入れたあなたに比べれば、可愛いものでしょ？」

「ふぉふぉふぉふぉ……語尾が『ゲコ』になってしまう悪戯用の魔法薬を、気に入らない教授の飲み物に仕込んだ君に比べれば、確かに可愛いものじゃな」

二人の表情が穏やかになる。

マーリンであっても、昔の思い出話をするのは……何だかんだ言って楽しいのだ。

「あの子は天才よ。私と同じか、それ以上のね。好奇心と探求心があって、頭も回る。……でも、精神的には未熟。あの快活な笑顔の裏には、負の感情が隠れているわ。追い詰められていてもそれを隠すような子だから、その辺りもよろしく頼むわ」

「言われなくとも……この学園の生徒として入学した以上、学園にいるうちは最大限の面倒を見よう。ワシにできる範囲内でじゃが、な」

ホーリーランド校長の返答を聞いたマーリンは、言いたいことはすべて言ったとばかりに、踵を返した。

が、しかしすぐに足を止めて、振り返った。

「老化を止めるつもりは……やっぱりないのね」

「ワシにはそんな実力はない」

「嘘は結構よ。その気になれば、いくらでも止められるでしょう」

完全なる不老不死。永劫不滅の存在になることは不可能だ。

しかし……あくまで〝この世界のシステム上の不死〟を再現することは、相応に魔法が扱えるようになれば可能となる。

「ワシはな、マーリンや。老衰で死にたいのじゃよ。まだまだやり残したことが一杯あったなと、後悔しながら、しかし満足を抱きながら……ベッドの上で、教え子たちに囲まれて死にたい」

不老になれば、老衰で死ぬことはない。

しかし死を免れることはできない。

故に不老になった者に訪れるのは、何者かによる殺害か、何らかの事故死か、それとも難病による病死か……もしくは自殺か。

安らかな死を迎えることは、難しい。

それが不老の代償だ。

「生に飽きたら、毒薬でも飲めば良いじゃない」

「それはワシの〝哲学〟に反する。ワシは……安らかに、普通の老人として死にたいのじゃよ」

「……そう」

〝哲学〟を持ち出されれば、マーリンも引き下がるしかない。

魔導師にとって〝哲学〟とは、その人生の絶対的な指針なのだから。

「寂しくなるわね」

ポツリと、マーリンは漏らした。

このまま順当にいけば、マーリンは百年、二百年、三百年……千年以上、生き続けるだろう。

しかしホーリーランド校長は……そう長くはない。

「なーに、不老にはならずとも、長生きするための努力はするつもりじゃよ。あと百年は生きるつもりじゃ」

「それは普通の老人なのかしらね？」

「どうかのぉ？　パーキンス教授はまだ生きておるが」

「あの婆、まだくたばってないの？」

自分が在学していたころにはすでに十分高齢だった老錬金術師を思い出し、マーリンは驚愕で目を見開いた。

「あと百年は生きるつもりらしいぞ？　ワシも見習わなくてはなぁ」

「**魔法**もなしにそれだけ生きられたら、それこそ正真正銘のバケモノね」

マーリンが小さく鼻で笑うと、ホーリーランド校長もまた朗らかに笑う。

それから二人は学生時代の思い出話に花を咲かせるのだった。

※

さて、準々決勝に勝利したライジングは続く準決勝にも勝利した。

決勝の相手は……やはり因縁の敵、ノーブルである。

「良いか、絶対に勝つぞぉおお！！！」

試合開始の一時間前の作戦会議でマーティンが叫んだ。

普段は穏やかな彼の意外な姿に、フェリシアたちは驚いてしまう。

やはり彼も熱いラグブライ魂を持つプレイヤーなのだ。

さて、作戦会議も終わり、各々は試合に備えて英気を養っていた。

フェリシアも同様に、競技場の控室で寛いでいた。

と、そこへ係員がやってきた。

「フェリシア・フローレンス・アルスタシア様はいらっしゃいますか？」

「えっと……私だけど」

「あなたにお手紙が届いています」

フェリシアは手紙を受け取る。

一体誰だろうと、首を傾(かし)げ……そして表情が凍(こお)りついた。

『お前の両親は預かった。命が惜しければ、試合開始の直前に一人でロンディニア郊外の森へ来い。もし一人で来なかったら、両親の命はないと思え』

ひらりと、手紙の中から一枚の布切れが落ちた。

それは……フェリシアが復活祭のプレゼントとして両親へと贈(おく)った、デフォルメされた猫柄のハンカチだった。

※

手紙を読んだフェリシアは、顔面蒼白(がんめんそうはく)になった。

「どうしたの？　フェリシア」

アナベラに心配そうに尋ねられ、我に返る。

フェリシアは首を左右に振った。

「な、何でも……ない」

そしてそれから考えを巡らせる。

最悪を常に想定するべきだ。

つまりこれは質(たち)の悪い悪戯ではなく……両親は何者かに誘拐されていると、考えた方が良い。

まずは大人にこのことを伝えるべきだろう。

特にマーリンには伝えなければならない。

だがマーリンがどこにいるかは分からない。

それにロンディニア郊外の森は遠い。

空を飛んだとしても一時間は掛かるだろう。つまり大人に相談している暇はない。

だが……誰にも言わず、一人で飛び出すのは賢明ではない。

今、この場で最も頼れる人物は……マーティンとアーチボルトの二人だ。

「キャプテン、アーチボルト……その、相談があるんだ」

「どうしたんだい？　フェリシア君」

「体調でも悪いのか？」

心配そうに言う二人。

二人とも、特に今年で最後のマーティンは、このラグブライの試合に全力を懸けている。

だからこそ……こんなことを相談するのは、非常に心苦しかった。

「その……ここでは場所が悪い。ちょっと、来てくれ」

フェリシアは二人を人気のない場所へと連れ出し、そして例の手紙を見せて、事の経緯を伝えた。

それからフェリシアは……

膝を折り、頭を下げた。

「すまない……私は試合に、参加できない。申し訳ないと、思っている。だけど……お願いだ。両親を助けに行かせてくれ」

「それは許さない」

マーティンははっきりと、そう言った。

そして自らも膝を折り、フェリシアに視線の高さを合わせた。

「両親を助けに行った上で、君も試合に参加するんだ。ライジングは君を含めて、ライジングだ」

「で、でも……」

「でもじゃない。僕はキャプテンだぞ？　キャプテンとしての命令だ。……試合に関しては、どうにか交渉して、遅らせてもらうように頼む。ほら、立って」

そう言ってマーティンはフェリシアを立たせた。

フェリシアは目に涙を浮かべていた。

「本当に……ごめん」

「君が謝ることじゃないだろう？　ラグブライの試合と、両親ならば、後者の方が大切なのは当然のことだし……そもそも、どういう私怨があるのかは知らないけれど、こんな時期に親を人質に呼び出そうとするなんて、とんでもない卑怯者だ」

珍しく憤った姿を見せるマーティン。

それからアーチボルトへ目配せする。

「僕は審判とノーブルの人たち、そして運営委員を説得して、試合を遅らせてくれるように交渉する。だから君はまず教師たちにこのことを伝えるんだ。ホーリーランド校長にもね。それからフェリシア君の両親の安否確認と、彼女の師であるマーリン様を捜してくれ」

「分かった、キャプテン。フェリシア！　お前がいないなら、俺たちは試合に出ないからな！　絶対に戻って来いよ!!」

そう言って一目散(いちもくさん)に駆けていくアーチボルト。

それからマーティンはフェリシアに向き直った。

「両親の安否確認を含め、その辺りは僕たちがやる。君は最悪を想定して、森へ向かうんだ。ホーリーランド校長やマーリン様ほどの魔導師ならば、誘拐犯に気付かれないように追いつけるはずだしね」

一人で来いと言われて馬鹿正直に一人で行く理由はない。

ホーリーランド校長やマーリンと合流すれば、卑怯者の誘拐犯なんて一捻りだ。

「分かった。行ってくるぜ!!」

フェリシアは頷くと、ふわりと空中に浮きあがった。

そしてラグブライの試合では使えない飛行用術式を起動させ、一気に空へと飛びあがる。

「は、速いなぁ……」

魔導具の補助なしで空を飛べるなんて、本当に凄い子だとマーティンは今更ながらに思うのだった。

空を飛び始めてしばらく。

フェリシアの耳に聞きなれた声が聞こえてきた。

──フェリシア？　聞こえる⁉──

「し、師匠？　え、えっと……念話か？」

すぐに該当する現象、魔法を思い出してからフェリシアは口に出して尋ねてみた。

するとすぐにマーリンからの返答が返ってきた。

──そうよ。よく聞きなさい。試合は一時間、延長してもらったからそのことに関しては安心して。それと今から空間跳躍で、オズワルドと一緒にあなたのところまで跳ぶわ。誘拐犯には気付かれないように、隠密系の魔法を使ッザ……安ザッ……ザザ……──

「し、師匠？」

急に聞こえが悪くなり、フェリシアは不安になる。

──予ザ……更。すザッ……なザ……わ、フザッ……ア。ちザ……と、邪ザ……入った。急ザザ……片づザッ……ッ……ザザ……に向かうから、頑ザッ……──

「し、師匠⁉」

そして念話が切れてしまった。

現場にはマーリンとホーリーランド校長がいるというのに、その二人ですらも念話が維持できないほどの〝邪魔〟とは、一体何なんだろうかとフェリシアは不安に襲われた。

だが……

「父さん、母さん！　絶対に、助けるからな‼」

師に頼れないならば、自力で何とかするまで。

フェリシアは不安を押し殺し、己を奮い立たせた。

「くっ……念話が切れたわ」

一方、ロンディニア魔法学園の校長室で、マーリンは地団駄を踏んだ。

今すぐにでもフェリシアのところに駆けつけたいが……

「さっきまではフェリシアの魔力を辿れたんじゃが……今では座標の検索すらできん。この状況下では、跳ぶのは危険じゃな……」

苦々しい表情でホーリーランド校長は呟いた。

ホーリーランド校長やマーリンの実力であれば、〝跳ぶ〟、つまり瞬間移動のようなことも可能ではあるが、現在の状況ではそう気軽にできない。

「でも、私の**魔法**を妨害できる魔導師となると、数は限られるわね」

マーリンと同等以上の実力者。

それでいて、マーリンとその弟子に対して敵対行動を取りそうな人物。

となると、マーリンの脳裏に思い浮かぶ選択肢はただ一つ。

「ル・フェイ。……これは何の真似？」

マーリンが虚空に向かって、そう尋ねた。

すると……

「ぎゃはははは‼　案外、バレるのが早かったな‼」

虚空(こくう)からそんな声が聞こえてきた。

「あなたの**魔法**には癖があるからね。もう少し隠す努力をしたら？」

マーリンがそう言うと、マーリンの目の前の虚空が、まるで小石を投げ入れられた湖面のように歪(ゆが)んだ。

「まあ、別に隠すつもりはなかったからな」

ゆっくりと、虚空から現れたのは……黒髪に日に焼けた肌の男性だった。

見た目の年齢は二十歳ほどに見える。

手には……マーリンと同じ、しかしややデザインの異なる樫(かし)の杖を持っていた。

マーリンと同じ、夢魔(むま)リリートゥの弟子。

最高峰(さいこうほう)の次元魔法の使い手。

そして……変人揃いの魔導師の中でも、特に変人で、性格の捻じ曲がった者として有名な男。

大魔導師モーガン・ル・フェイはニヤリと笑みを浮かべて言った。

「とりあえず**死ねよ、マーリン**」

その瞬間、マーリンの下半身と上半身の境目に当たる空間が僅かに〝ズレ〟た。

ズルッと、音を立ててマーリンの上半身が床へと落ちる。

鮮血が噴き上がり、内臓が零れ落ちた。


アンブローズ・マーリンは死んだ。

※

「出会い頭にいきなり人を殺すなんて、相変わらず無粋(ぶすい)ね」

ル・フェイの背後から、無機質な声がした。

彼が振り向くと、そこには無傷のマーリンが立っていた。

「確かに殺したはずなんだがなぁ……」

ル・フェイは自分の頬(ほお)に付着した、〝マーリン〟の血液を拭(ぬぐ)いながら言った。

それに対し、マーリンは飄々（ひょうひょう）とした表情で答える。

「そうね。あなたは確かに、**アンブローズ・マーリンと私が名付けたホムンクルス人形を殺害したわ**」

死んだのは己ではなく、自分を模（も）した、自分と同じ名の人形である。

マーリンはそう、まるで後から付け加えるかのように説明した。

そしてさらに付け加える。

「ちなみに**その人形の血液は致死性（ちしせい）の猛毒よ**」

「あ？」

ル・フェイは間抜（まぬ）けな声を上げた。

と、同時にジュウジュウと音を立ててル・フェイの肉が溶け始めた。

あっという間に彼の頭部は原型を失い、ジェル状になった。

~~**モーガン・ル・フェイは死んだ。**~~

※

「とりあえず死ねよ、マーリン」

その瞬間、マーリンの下半身と上半身の境目に当たる空間が僅（わず）かに〝ズレ〟た。

ズルッと、音を立ててマーリンの上半身が床へと落ちる。

鮮血が噴き上がり、内臓が零れ落ち……

その瞬間、ル・フェイは少し慌てた様子でその噴き上がった血液を避けた。

アンブローズ・マーリンは死んだ。

「面倒くさいわね」

ル・フェイの背後から、無機質な声がした。

彼が振り向くと、そこには無傷のマーリンが立っていた。

「確かに殺したはずなんだがなぁ……」

ル・フェイは自分の頬に付着した、〝マーリン〟の血液を拭いながら言った。

それに対し、マーリンは忌々しそうに表情を歪める。

「それは**アンブローズ・マーリンと私が名付けたホムンクルス人形**よ。という説明を二度もやらせないで欲しいわ。面倒なだけだから」

一方のル・フェイはとても上機嫌な様子で、ニヤニヤと笑みを浮かべながら答える。

「じゃあ、今度は念入りに殺してみればどうだ？　もっとも、俺は何度でも**巻き戻す**けどな」

「あなたが百度巻き戻すならば、私は千度あなたを殺す」

「ならば、俺様は万度、それを書き換えよう」

そして二人の**殺し合い**が始まった。

二人は互いを幾度も殺し、幾度も蘇り、それを幾度も繰り返した。

回数にして億回。

時間にしてはゼロカンマ一秒以下。

刹那にして悠久の時が過ぎた時、ル・フェイは両手を上げた。

「やめだ、やめ‼　千日手はつまらねぇ‼」

「それは同感ね」

マーリンとル・フェイの実力は拮抗していた。

故に互いの**魔法**は互いの存在を抹消するに至らない。

そしてそんな千日手を見守っていた一人の老人は、内心でため息をつく。

（はぁ……呼吸をするだけで、精一杯じゃ）

ホーリーランド校長は、二人の**殺し合い**を唯一観測していた第三者であった。

しかし彼ができたのは観測までだった。

二人の殺し合いの余波を受けないように、己の存在を保つことだけで、精一杯だった。

ホーリーランド校長と、マーリンたちには隔絶した実力の差があった。

「それで、何が目的？　私の弟子をどうしようと、あなたには利益はないと思うけど。ただの嫌がらせかしら？」

「俺様自身には用はない。が……俺様の弟子が、お前の弟子に用事があるみたいでなぁ。弟子は弟子同士で語り合わせるのが、フェアだと思わねぇか？」

ル・フェイの目的はマーリンの足止め。

それ以上でもそれ以下でもなかった。

「……弟子？　あなたに弟子がいるなんて、聞いたことなかったけれど」

「お前の弟子と違って、不出来で才能のない……加えて、十三歳のガキに嫉妬するような、どうしようもない不肖の弟子だからな」

ぎゃははは、とル・フェイは愉快そうに笑った。

一方、何が面白いのか全く理解できないマーリンは眉を顰める。

「そんな無能、よく弟子にしようとしたわね」

「無能だから、弟子にした。俺様は無能で哀れなやつの味方だからな。まあ…… 〝恵まれた身〟のお前には、一生理解できないだろうが。ともかく、俺様の弟子の邪魔はさせられねぇ」

ル・フェイは自身の弟子の目的そのものには、さほど興味はなかった。

ただ、目的を達成できるのか……マーリンの優秀な弟子を、自身の無能な弟子が打ち破れるか否かに興味があった。

師としてそれだけは最低限、見届けなければならないと考えていた。

だからこそ、〝弟子同士〟以外の要素を排除したかった。

「まあ、ともかく。俺様はお前に勝てないが、お前も俺様には勝てない。互いの弟子を信じないか？」

「……それもそうね」

マーリンはため息をつくと、椅子に座り直した。

そしてどこからか取り出したティーカップに紅茶を注ぎ、優雅にお茶を飲み始める。

「……良いのか、マーリン」

「この程度、切り抜けられないようではこの先、後がないしね」

「そう思うなら、最初からそうしていればいいだろう？　もしかして、可愛い弟子がピンチと聞いて、咄嗟に助けなきゃって思っちまったのか？　アンブローズ・マーリン様ともあろう魔導師が……ぎゃはははは、可愛いところもあるじゃ……」

「死ね」

ル・フェイの体が弾け飛び、消滅する。

が、すぐに時間を巻き戻したかのように元通りに再生した。

「ワシとしては、教え子が危険に晒されるのを黙って見過ごせんが……フェリシアが大丈夫だという根拠はあるのかね？」

ホーリーランド校長の言葉にマーリンは小さく笑みを浮かべた。

「まあね」

※

一方、フェリシアは郊外の森、上空に出現した。

周囲をキョロキョロと見渡しながら、両親の姿を捜す。

「クソ……どこにいんだよ、ファッキン誘拐犯！　そもそも、〝森〟の範囲が広すぎるんだよ、馬鹿野郎!!」

「ここだ。フェリシア・フローレンス・アルスタシア！」

突如、森から声が響いた。

フェリシアはすぐさま、声のする方向へと下りる。

下りるとそこには木に縛り付けられている両親がいた。

口には猿轡を噛まされている。

二人はフェリシアを見ると、必死に何かを伝えようとモゴモゴとしていた。

「父さん、母さん！」

フェリシアはとっさに二人のもとへと駆けだした。

しかし……

「つぐ……」

急に足が動かなくなり、フェリシアは前のめりに倒れた。

動かそうにも、硬い石壁の中に閉じ込められたようにびくともしない。

おそらくは結界の類いだろうとフェリシアは当たりをつけた。

「バーカ！　馬鹿正直に真正面から突っ込んでくる奴がいるか‼」

木陰から一人の男が現れた。

見た目は二十代半ばから後半程度。

ニヤニヤと意地悪い笑みを浮かべている。

フェリシアは男を睨みつけた。

「お前が、ファッキン誘拐犯か？」

「ファッキンかどうかはともかく、俺がお前の両親を誘拐した」

「何のためだ！」

フェリシアが怒鳴ると、待ってましたと言わんばかりに男は語りだした。

「俺はアコーロン。魔導師ル・フェイ様の弟子にして……お前の師である、マーリンに恨みを持つ者だ！」

「師匠に？」

なるほど、あの師ならば逆恨みを含めていろいろな恨みを買っていてもおかしくはないとフェリシアは納得した。

フェリシアだって、たまにイラッとくる時があるほどなのだ。

もっとも……だからと言って復讐をしても良いか、それにフェリシアを巻き込んで良いかは全く別の話なのだが。

「私を人質に、師匠を誘いだすつもりか？　……悪いことは言わないから止めた方がいいぞ？」

もし仮にフェリシアが人質にされたとしても、マーリンならば鼻歌を歌いながらフェリシアを救い出しつつ、アコーロンをこま切れ肉にできるだろう。

「黙れ。……そんなことは知っている。が、いくら血も涙もないマーリンであっても、可愛い可愛い弟子が無残に死ねば、少しは応えるだろう？」

「……はぁ？」

フェリシアは思わず首を傾げてしまう。

自分を殺した相手に報いを受けさせてくれる程度には、フェリシアはマーリンから愛されている自信がある。

だからこそ、もしフェリシアを殺せばアコーロンは確実にマーリンに殺されるだろう。

復讐をしたいという気持ちは理解できないでもないが、自分が死んでまで復讐したいという気持ちは理解できない。

ましてや、それが直接復讐の対象を殺すのではなく、対象の弟子を殺すという迂遠な方法であれば、なおさらだ。

「……どうして師匠を恨んでいるんだ。師匠がお前に、何をしたって言うんだ？」

フェリシアが尋ねると、アコーロンは忌々しそうに語り出す。

「マーリンめが作った魔法薬のせいで、我が家は没落した！　加えて、あの女は学会で俺を侮辱した！　あの女のせいで、俺の人生は滅茶苦茶だ！」

悲痛な叫び声を上げるアコーロン。

その表情からは、彼が如何にマーリンを恨んでいるのかがはっきりと分かった。

しかしフェリシアは……

「……ふふ」

思わず笑ってしまった。

「何がおかしい‼」

アコーロンはそう怒鳴ると、魔力で石礫をフェリシア目掛け、飛ばした。

石がフェリシアの額を強打し、同時に両親はくぐもった声で悲鳴を上げる。

一方、フェリシアは額から血を流しながらも……余裕の表情だ。

「いや、悪い。別に馬鹿にするつもりはなかったんだ。私も似たような立場だしな」

アルスタシア家が没落したのは人工ミスリルが開発されたからだ。

アナベラによる〝原作介入〟がその原因で、人生が滅茶苦茶になった。

そういう意味ではアコーロンと似たような立場にある。

「でもなぁ、その手の技術の移り変わりってのは、季節や天気の移り変わりみたいなものでな。そんなことに文句を言ったり、復讐心を抱いたりするのは、空に向かって怒鳴り散らかすのと同じで、何にも意味がないというか……非生産的というか……私もそういう時期があったけどさ。前向きに捉えるようになってからは、今の生活も悪くないなと……」

「貴様と、同じにするな‼」

魔力の刃がフェリシアを襲う。

それはフェリシアの頬を僅かに切り裂いた。

赤い血が白い頬を伝う。

「お前が、運が良かっただけだろう‼」

「……」

フェリシアは目を白黒させた。

そんな発想は思い浮かばなかったと、言うかのように。

それから少し難しそうな表情で考え込んでから、小さくため息をついた。

「まあ、そうかもな」

確かにフェリシアは運が良かった。

恵まれた家系に生まれ、恵まれた容姿に、恵まれた才覚を持って生まれ、そして家が没落してからも、人に恵まれた。

ただ、運が良かった。

そう言われてみれば、確かにそうだ。

それを自覚していなかった。

それはきっと、罪深いことだろう。

「そうだ！　お前は運が良いだけだ!!　俺とお前の差は、それだけだ。だから……」

「ああ、だから私は死なないし、負けない。負けるのはお前だ」

ニヤリとフェリシアは不敵な笑みを、まるで挑発するかのように浮かべた。

アコーロンの額に青筋が浮かび上がる。

「まずは……貴様の両手足を切り落としてやる!!」

魔力の刃が再び、フェリシアを襲う。

今度は脅しの攻撃ではない。

確実に、フェリシアの両手足を切断するために放たれた魔法攻撃。

狙いは確実で、真っ直ぐ、フェリシアの白い手足へと向かう。

アンガスとフローレンスは思わず目を瞑り……

「ががあああああ!!」

フェリシアの叫び声。

同時に両手足が地面に落ち、鮮血が噴き上がった**かのように見えた。**

「な……に……？」

地面に落下したかのように見えた手足。

それは布と綿でできていた。

鮮血に見えていたのは、トマトジュース。

そしてアコーロンがフェリシアだと思っていたのは……ただの大きな人形だった。

「どうした？　何かを見間違えたのか？」

アコーロンは思わず振り向いた。

そこにはフェリシアが立っていた。

「な、なぜ……お前が、ここに……」

「それは私が聞きたいな。どうして先ほどからずっと、人形とお話をしていたんだ？」

ニヤリとフェリシアは笑みを浮かべた。

アコーロンは自身の頭に血が上るのを感じた。

「舐めるなぁ！！！」

「もう遅い」

ゴロゴロと、何かがアコーロンの足元へと転がってきた……かと思うと、それは突如、眩いばかりの光を放った。

「っく、小癪な……」

「こいつもおまけだ」

さらにフェリシアは懐から取り出した小瓶を投げつける。

瓶が割れ、中の液体と空気が反応し、モクモクとした煙……煙幕が発生した。

フェリシアはアコーロンが混乱している隙をつき、両親のところへと駆け寄った。

そして杖で魔力の刃を作り、ロープを切断し、猿轡を外す。

「ふぇ、フェリシア、大丈夫？」

「す、すまない……お前には何度も迷惑を……」

「話は後だぜ。煙はそう長続きしない。急いで逃げてくれ。私は後から追う」

フェリシアはそう言うと、両親を逃げるように急かす。

アンガスとフローレンスは何か言いたそうな表情を浮かべたが……しかしこの場にいてもフェリシアの足を引っ張るだけと判断したのか、小さく頷いた。

「ムリはしないで」

「すぐに逃げるんだぞ！」

そう言って二人はその場から離れた。

両親がちゃんと逃げたところを見送ってから、フェリシアは振り返った。

すでに煙は晴れ、そこには忌々しそうに表情を歪めているアコーロンがいた。

「絶対に許さん。……嬲り殺しにしてやる‼」

「嫌だね」

フェリシアは小さく舌を出した。

※

（……危なかった）

余裕そうな表情でアコーロンと対峙するフェリシアは、密かに冷や汗を掻いていた。

両手両足の痛み。

それはつい先ほど感じたばかりのもので、鮮明に思い出すことができる。

間違いなく、フェリシアの両手足は切断されたのだ。

それを**魔法**でなかった事にした。

(体が怠い……起こったことを、無理矢理、**見間違い**にするのは、どうやら私には……少し早かったみたいだな)

魔法そのものは、復活祭の日にはすでに扱えるようになっていた。

何ということはない。

少なくとも一度は扱えたのだ。

自分なりに理屈と理論を構築し、再現するのは、難しいが決して不可能ではなかった。

マーリンが贈ってくれたローブを〝**弄る**〟のは、その良い練習になった。

(私の実力では、まだ起きていない事象を私の望む方へ誘導する……その程度しか、できないと考えるべきだな)

そんなことを考えたフェリシアはニヤリと挑発的な笑みを浮かべる。

「どうした？　早く掛かってこい」

「調子に乗るな‼」

頭に血が上ったアコーロンは殺意の籠もった魔法でフェリシアを襲う。

しかしその魔法は僅かにフェリシアの肌を撫でることはあっても、フェリシアに致命的なダメージを与えることだけはできなかった。

どういうわけか、当たらない。

当てられない。

偶然にも石に躓いたり、蜘蛛の巣に引っかかったり、虫が頭上から落ちてきたり。

ほんの些細なこと。

ほんの些細な偶然が幾度も起こり、そのたびに集中力を欠き、逃してしまう。

少なくとも、現時点ではアコーロンの方がフェリシアよりも優っているはずなのに。

大人と子供の戦いで、身体能力と魔力の総量でも優っているにもかかわらず。

殺意の高い攻撃魔法の知識も技術も、アコーロンの方がフェリシアよりも優っているというのに。

「こ、この……運が良いだけの小娘が!!」

怒りに任せ、アコーロンは大きく杖を振り上げた。

それは致命的な隙だった。

フェリシアはすかさず、小柄な体を活かし、アコーロンの懐に潜り込む。

そして杖をその腹部に突き立てた。

「しまっ……」

「**運も実力のうち、**だな」

魔力弾を放った。

アコーロンは吹き飛び、そして偶然にも岩に頭をぶつけ、気絶した。

勝利したのはフェリシアだった。

※

「か、勝った……」

ドバッと、フェリシアは全身から汗が噴き出るのを感じた。

足がガクガクと震え、立ち上がれず、尻餅をつくように地面に座り込んだ。

（あと少し、長引いてたら……）

余裕そうに見えて、実際のところは辛勝だった。

少なくとも、〝戦闘能力〟という意味ではアコーロンの方がフェリシアよりも優っているのだ。

何度も死にかけた。

いや、正確には〝死んだ〟と言った方が良いのかもしれない。

それを無理のある**魔法**で幾度もひっくり返した。

そのたびに魔力と体力を消耗した。

あと数十秒、戦いが長引いていたら……敗北していたのはフェリシアだっただろう。

「さて……どれくらい、時間が掛かった？」

フェリシアは太陽を見上げる。

体感では……すでに一時間ほど経っている。

太陽の傾き的にも、その体感はそう間違ってなさそうだ。

「……どちらにせよ、意味ないか」

フェリシアは大きなため息をついた。

そもそも魔力が残っていないから、試合会場まではたどり着けない。

たとえたどり着けたとしても……今のフェリシアは役に立たないだろう。

勝負に勝って、試合に負けたのだ。

「みんな、ごめん……」

チームのみんなに顔向けできないとフェリシアが項垂れていると……

「痛ってぇ……まさか、ローランまで来るとはなぁ。いくら何でも、分が悪いっての」

どこからともなく、声が聞こえてきた。

慌ててフェリシアは顔を上げ、立ち上がり、杖を拭う。

「おお、中々良い反応だな。さすがは、マーリンの弟子だ」

気が付くと、見知らぬ男性がそこに立っていた。

「お、お前は誰だ！　名乗れ！」

魔力が尽きている今のフェリシアは、単なる十三歳の小娘。

体力すらも底を尽きかけている今では、暴漢にすら勝てないだろう。

だからこそ、それを気取られぬように強気に対応する。

「くく……マーリンの弟子って聞くからどんな根暗野郎かと思ったら……きひひ、マーリンとは真逆の元気っ子みたいだなぁ。良いねぇ、そういう子供は俺様、結構好きだぜ？　子供は元気じゃねぇとなぁ。まあ……ちょっと、元気がありあまりすぎているみたいだが」

ニヤニヤと、男は笑った。

フェリシアは涙目で後退る。

「いやー、俺様の弟子が随分と世話になったようだな」

男は木に縛られているアコーロンをチラリと見てから、そう言った。

そして手をワキワキと動かしながら、フェリシアへと迫る。

「マーリンも、ホーリーランドも、ローランも、ここに来るまでは時間が掛かる。その前に……たっぷりと、その礼をしねぇとな」

「こ、この！　く、来るな!!」

フェリシアは威嚇するように杖を振った。

しかし男は野卑な笑みを浮かべながら、ゲラゲラと下品に笑う。

「ぎゃははは!!　足が震えているぜ？　フェリシアちゃん？」

「つく……」

「そう警戒すんなっての」

突如、男は姿を消した。

そして気付くとフェリシアの背後へと移動していた。

「ひひひ、捕まえた！」

「っきゃ！　ちょ、どこ触ってんだ、この変態！」

「痛い！　こ、この……そういう暴力的なところは、あの馬鹿チェルシーにそっくりだな！　ったく、世話を焼かせんな」

バタバタと暴れるフェリシアを、強靭な力で押さえ込む男。

身体能力強化の魔法を使っているのか、今のフェリシアでは逃げられそうもない。

フェリシアは地面へと押し倒される形になる。

「や、やめろ！　こ、この！　変なことをしたら、た、ただじゃ済まさないぞ！」

「へぇ？　どうしてくれるんだよ、フェリシアちゃん？」

ニヤニヤと笑いながら男が尋ねる。

するとフェリシアは……

「や……やめて、ください……ひ、酷いこと、し、しないで……」

「ぎゃははは!!　案外、打たれ弱いのか？　まあ……頼まれたって、やめるつもりはねえけどな！　痛い目を見たくなかったら、大人しくしていろよ？　暴れられると、さすがの俺様も強引な手を取らざるを得なくなる」

「っひ……」

男が脅すと、フェリシアは途端に大人しくなった。

まるで子猫のように震えるフェリシアに対し、男は満足そうに頷く。

「そうそう、それで良い。よし……じゃあ、目を瞑ってな。最初はかなりキツいからな。まあ、慣れれば癖になるかもしれねぇけどな！」

ギュッとフェリシアは目を瞑った。

その直後、何らかの魔法が発動した。

感じたことのない魔力の波長と、独特な浮遊感がフェリシアを襲う。

まるで、濁流の中に放り込まれたようだとフェリシアは思った。

「つぐ……ぅぅ……な、何だ、こ、これぇ……」

「おっと、もう暴れて構わない。ああ、吐くならそこの洗面器に吐きな。いやー、事前にこれを用意しておくなんて、俺様は実に気が利いている」

フェリシアは男の言葉を最後まで聞かず、近くの洗面器に胃の中の物を吐き出した。

げっそりとした表情のフェリシアに、男は濡れたタオルを投げ渡した。

「顔を拭け」

「……っ」

男の前で吐瀉した事実にフェリシアは恥辱を覚えながら、急いでタオルで顔を拭く。

その間に男はフェリシアの胃の内容物が入った洗面器を持ち運び、ドアの外へ出した。

そう、ドアの外へ。

「こ、ここは……どこだ？」

ようやく、フェリシアは自分が見知らぬ部屋の中にいることに気付いた。

パッと見る限りだと、かなり広い。

ベッドはもちろん、水道もあり、生活するには十分な環境が揃っているように見える。

耳を澄ませると、街の喧噪（けんそう）が聞こえてくる。

「ロンディニア？　……空間跳躍か？」

「ちょーっと、惜しいな。正確に言えば、時空跳躍だ」

「……時空？」

フェリシアは首を傾げた。

すると男は得意気に大きく頷いた。

「おおとも。今は丁度、ライジングとノーブルの試合の一日前だ」

「そんな、馬鹿な……」

あんぐりと口を開けるフェリシア。

そんなフェリシアに対し、男は腹を抱えながら、愉快そうに笑う。

「ぎゃははは!!　良いね、その顔！　ところで体に異常はねぇか？」

「……さっき、私が吐いたのが見えなかったのか？」

「ぎゃはは！　残念、ばっちり見ていた。が、それは別におかしなことじゃない。乗り物酔いみたいなもんだな。そうじゃなくて……例えば、そうだな。腎臓を一個、落としちまったとか」

「お、落とすって……」

「まあ、元気そうだし、問題ないか」

男の言葉にフェリシアは気丈に睨みつける。

「問題大ありだ！　気持ち悪かったんだぞ！」

内臓を落とすようなことはなくとも、強烈な乗り物酔いのようなものを体験する羽目(はめ)になったのだ。

それも何の心構えもなく、唐突にだ。

「でも、ちゃんと事前に伝えただろ？　最初はキツいかもしれねぇって」

「そ、それは……こ、このこと、だったのか？」

「当たり前だろ？　というか、それ以外に何があるんだよ。おいおい、なーにを想像しちゃったのかなぁー、フェリシアちゃん？」

男が挑発するように言うと……

フェリシアは顔を真っ赤にした。

自分がとんでもない勘違いをしていた可能性に気付いたからだ。

「い、いや……でも、お、お礼をするって……」

「ああ、そうだ。だから、一日前に来てやっただろ？　これで試合には間に合う。俺様は優しいなぁー。そう思わねぇか？　で、お前はそんな俺様の親切を、何だと思ったんだ？　ほら、言ってみろよ。ムッツリスケベなフェリシアちゃん……い、痛い！　殴るな！　だから、そういうところは似なくて良いんだよ!!」

顔を真っ赤にしたフェリシアに頭を殴られ、男は悲鳴を上げながら逃げ回る。

フェリシアはぜぇぜぇと、息を荒らげる。

「ぎゃははは！　ムリに走るなよ。疲れているんだろう？　試合まで一日たっぷり休みな。食い物はそこの氷冷蔵庫に一通り入れてある。一等の宿だから、水道も通っているし、便所もある。タオルと着替えも、一応用意しておいた」

それから男は念を押すようにフェリシアに言った。

「だから……出来得る限り、外に出るな。連絡も取るな。矛盾(パラドックス)を起こしたくなければな。まあ、試してみてぇんなら、話は別だが？」

「お、お前は……何者なんだ？」

どうやら時空跳躍とやらが本当らしいと判断したフェリシアは、再度男に尋ねた。

すると男は待ってましたとばかりに、名乗りを上げる。

「ル・フェイ。モーガン・ル・フェイだ。知っているだろう？　俺の本、読んでくれていたもんな」

「……あなたが？　あの？」

「そうだ。サインしてやろうか？　くくく、はははははは」

何が面白いのか、大笑いするル・フェイ。

あんぐりと、フェリシアは口を開ける。

文章そのものはあんなにインテリ感溢れていたにもかかわらず、その正体がこれ。

イメージが違いすぎた。

（……まあ、でも、仄かに伝わる、性格が悪そうな感じは……一致しているか）

この本の著者はきっと性格が最悪なんだろう……そう感じたのは間違いではなかったようだと、フェリシアは彼の著書の中身を思い出しながら再度思った。

「それと……こいつはプレゼントだ」

何かをル・フェイは投げ渡してきた。

銀色に光る何かだ。

「こ、これは……時計？　こんなに小さいのか⁉」

フェリシアは驚きで目を見開いた。

正確に時を刻む魔導時計と呼ばれるものは存在しているが、それはどれも大型で、最低でも直径三十センチ以上はある。

しかしル・フェイが投げ渡してきた時計は、フェリシアの両手に収まるほど小さい。

「腕時計だ。そのベルトみたいになっているのを腕に巻き付けて使う。それは迷惑料として、俺からのプレゼントだ。そいつを使って、時間を正確に把握して、試合に行きな。

時計に書かれている文字盤の数字は見たことがないだろうが……一般的な魔導時計と対応している数字の意味は同じ。あと見ればわかると思うが、六十進法なのも同じだ」

「お、おう……ありがとう」

見慣れない文字が描かれた時計を、フェリシアは腕に巻き付けた。

そしてそれを不思議そうに眺める。

「ネジ式だから、動かなくなったら、ネジを巻きな。魔力を流しても意味はないぜ？あと、大切に使ってくれ。何しろ、二万ドルしたからな！」

「……ドル？」

「そいつは伏線だ。君のお友達の……アナベラちゃんと、あとその他大勢も交えて、じっくり話そうじゃないか。じゃあ、俺様は元の時間軸に戻る。くれぐれも、矛盾を起こしてくれるなよ？　……ムッツリスケベちゃん。いてぇ!!　ったく、乱暴だな！」

顔を真っ赤にしたフェリシアに魔力弾をぶつけられ、頭を抱えながらル・フェイは虚空へと消えて言った。

フェリシアは憤慨した表情でベッドに腰を下ろし……そして腕時計を眺める。

そこには『Ⅰ』『Ⅱ』『Ⅲ』『Ⅳ』『Ⅴ』『Ⅵ』『Ⅶ』『Ⅷ』『Ⅸ』『Ⅹ』『Ⅺ』『Ⅻ』と見たことがない、しかし微妙にフェリシアの知っている数字と似通った文字記号が描かれている。

「はぁ……頭がどうにかなりそうだ。やめだ、やめ！」

フェリシアは考えるのをやめ、立ち上がった。

丁度小腹が空いていたのもあり、氷冷蔵庫を開ける。

するとそこにはぎっしりと、美味しそうな食べ物が詰まっていた。

「毒は……まあ、入っているわけないか。よし、全部食べてやる！」

とりあえずパンとソーセージ、そして林檎を取り出してから、自棄食いすることをフェリシアは決意した。


翌日。

フェリシアは矛盾が起きないように、正式な試合開始時刻の一時間後——フェリシアのために引き延ばされた時刻ギリギリ——に、試合会場へ到着した。

体調を万全に整えたフェリシアはチームメイトと共に試合に出場し、見事にノーブルを打ち負かした。

それからマーリンたちにアコーロンと、そしてル・フェイについて説明をした。

アコーロンは森の中で気絶しているところを発見され、騎士団に連行された。

同時にル・フェイの捜索も行われたが、彼の姿を見た者は誰もいなかった。

それからしばらく、期末考査を終えて……

春季休暇が始まった。

エピローグ――これは今の授業風景、否、師弟のお茶会――

gensaku kaishimae ni
botsuraku shita
akuyaku reijo ha idai na
madoshi wo kokorozasu

マーリンの住居にて。

学園から帰郷し、挨拶に出向いてきたフェリシアに対し……マーリンは紅茶を飲みながら言った。

「とりあえず、**魔法**を扱えるようになって……おめでとう、といったところかしらね？」

「あ、気がついてたのか」

魔法が扱えるようになったことに関して、フェリシアはまだマーリンに報告していなかった。

魔法を使った悪戯をして、少し驚かしてやろう……と、そんなことを企んでいたからだ。

「ローブの刺繍を見れば分かるわ」

「それもそうか」

マーリンがフェリシアに与えた**魔法のローブ**。

これに刺繍など、何かしらの改造を施すには最低限、**魔法**が扱えていなければならない。

だからフェリシアが**魔法**を扱えるようになったのか、それを理解できるようになったのかは、ローブを見れば一目で分かるのだ。

「せっかくだし……ちょっとした、答え合わせをしてみましょうか。**魔法**とは、何か。答えてみなさい」

「簡単に説明するならば、より高度な魔法としか言いようがないけれど……」

フェリシアは頭の中で自分の考えを整理しながら……ゆっくりと語り出した。

「まず、自然法則と魔法法則の違いから。どちらも法則……世界の理(ことわり)であることに変わりはない」

「ふむ」

「けれど、質的な違いがある。自然法則では過程を辿り結果が導き出される。だが、魔法法則では自然法則における過程を無視して結果だけが導き出される」

発火という現象が自然界で発生するには、一定のプロセスが必要になる。

しかし魔法ではそういったプロセスを省略することが可能になる。

「つまり魔法法則は自然法則を〝書き換え〟ているというわけだ」

魔法とは自然界の法則を捻じ曲げ、操る力だ。

もちろん、それは決して万能ではなく、一定の法則が存在するが。

「**魔法**も同様だ。世界そのものを〝書き換え〟ている」

世界にはシステムのようなものがある。

そしてそのシステムは**魔法**によって組まれている。

だからこそ、**魔法**を理解できれば、そのシステムに干渉(かんしょう)し、世界を〝書き換え〟られる。

「自然法則も魔法法則もそういうシステム……世界法則の一部を構成しているに過ぎな

い」

自然法則と魔法法則。

二つが矛盾していたり、対立していたりしているように見えるのは、狭い視野で見ているからだ。

広い視野で捉えれば、どちらも大きな世界法則の一部でしかないのだ。

「問題はどうしてそれを私が知覚できたかという話だが……それは師匠がくどいほど、自然法則と魔法法則について、基礎知識を叩き込んでくれたからだ。自然と広い視野で見ることができるようになっていた。あとはまあ……」

ちょっとした切っ掛け、もしくは才能だ。

魔法を扱うにも才能があることを考えれば、**魔法**にも必要なことは当然だろう。

幸運にもフェリシアにはそれがあったのだ。

「まあ、才能がない人とある人の違いについては、正直、まだ分からないな」

「そう。正直なのは良いことね」

そう言ってマーリンは小さな笑みを浮かべた。

その表情を見れば、フェリシアの仮説がおおよそ正解——少なくともマーリンの仮説と合致していること——であることは分かった。

「これで師匠に並べたかな?」

少し誇らしげに言うフェリシアに対してマーリンは呆れ顔をする。

「そんなわけないでしょ。まだ、半人前……いえ、四分の一人前の魔導師よ」

「でも……師匠と同じ土俵（どひょう）には立ててるだろ？」

「あなた、死んでも生き返れる？」

「……無理に決まってるだろ」

「私はできるわよ」

そんな馬鹿な。

と、フェリシアは半眼でマーリンを見た。

一方でマーリンは飄々（ひょうひょう）とした表情で答える。

「少なくとも、私はこの世界の……世界法則の上では不老不死よ。気を抜かない限りは死なないわ」

「そんなことが……」

「できるわ。そのローブと同じよ」

つまり、そういう物だと、システム上に刻み込めばそうなる。

今のフェリシアには逆立ちしてもできそうにないことだが、マーリンはそれができると言っている。

それがフェリシアとマーリンとの間の、質的な差異。

「存在固定……と、呼んでいるわ」

「存在固定……？」

「そうね……分かりやすく例えると錨を下ろすイメージね。通常では波に揺られて流されてしまう自分を、錨を使って固定し、動かないようにするということ。現在の自分を存在固定していれば死も避けられるし……時間遡行を行った時の、いわゆるタイムパラドックスも防げるわね」

「なる……ほど」

ル・フェイがあっさりと時間遡行、時空跳躍をしてみせたことにはこのようなわけがあったのだ。

つまりル・フェイは自分自身を存在固定していたため、いわゆるタイムパラドックスが発生したとしても、消えたり死んだりすることはないため、気軽に行えるのだ。

「あれ？　ということは、逆に言えば私の場合、タイムパラドックスが起これば……」

「消えるわね」

あっさりと、マーリンは言った。

思わずフェリシアは身震いした。

実は面白半分で過去の自分に会ってみようというような悪戯心もあったのだ。

最終的にはタイムパラドックスが怖かったので控えたが……それは正解だったようだ。

「ル・フェイのやつも、勝手してくれるわ。……まだフェリシアには早いでしょうに」

ブツブツと文句を言うマーリン。

そして彼女は……ふと、フェリシアの腕に視線を向けた。

彼女の腕には銀色に光る腕時計が捲かれている。

「それ、確かル・フェイから貰ったという時計ね？」

「そ、そうだぜ。いや、その……本当に正確に時間を刻むし、せっかく貰ったから、その……」

「別にその程度で怒ったりしないわよ」

不愉快そうにマーリンは鼻を鳴らし、茶請けのマカロンを齧る。

ちょっと不機嫌になっているじゃん……とフェリシアは内心で愚痴る。

「これ、魔法じゃないし、**魔法**でもないと思うんだが……どういう仕組みで動いているんだ？」

「さあ？　専門じゃないし、調べてみないと分からないけど。まあでも、きっと異世界の産物でしょうね。この世界の技術力じゃあ、そんな物は魔法を抜きに作れないわ」

「……え？　異世界？」

フェリシアは目を丸くした。

アナベラの件でもしかしたらあるのかもとは思っていたが、師からその言葉が出るとは思ってもいなかったのだ。

「実在……するのか？」

「するわよ。私が行ったことあるのは三つくらいだけど……探せば無数にあるんじゃないかしらね？」

「そ、そう……そうなのか」

フェリシアは視界がクラクラとするのを感じた。

何となく、今まで自分が信じていた価値観や世界観というものが崩れていくのを感じる。

「まあでも、私はあまり詳しくないし、下手なことは言えないわね。そういうのはル・フェイの方が詳しいから」

「……どうして詳しくないんだ？」

「専門外ってだけよ。生物学の専門家が天文学の専門家に星の話題で勝てないのと同じ。逆もまた然りね」

マーリンの専門は錬金術である。

彼女は**魔法の薬**の研究者であって、異世界の研究者ではない……と、そういうことだ。

「あ、そうだ！　じ、実はアナベラというやつがいて……」

と、そこでフェリシアはようやくアナベラの事について思い出した。

アナベラには申し訳ないが、いろいろと忙しく、また時間遡行の体験が衝撃的だったために、頭の中からすっぽ抜けていたのだ。

アナベラは自称〝転生者〟であり、この世界はアナベラの世界における〝ゲーム〟と呼ばれる遊戯盤（ゆうぎばん）の世界なのかもしれない……

と、そんなことをフェリシアはマーリンに話した。

それに対しマーリンは相槌を打ちながら聞き……

「全くあり得ない……とまでは言い切れないわね」

「え、でも……遊びだぞ？　この世界がチェス盤と同じで、誰かの創作物だなんて……」

「という夢を見たのさ」

ポツリと、マーリンは言った。

フェリシアは思わず首を傾げる。

「……急にどうしたんだ？」

「私の師匠の決め台詞で、得意とする**魔法**よ」

「師匠の師匠……」

「あなたにとっては大師匠ね。大魔導師リリートゥ……そう名乗っていたわ。私とル・フェイは彼女に師事し、名前を貰ったのよ」

「へぇ……それで、夢というのは……まさか……」

「そう、〝夢落ち〟よ」

夢の中であれば、何が起きてもおかしくない。

エネルギーは保存されず、慣性は作用しない。

魚は空を飛び、死人(しにん)は蘇(よみがえ)ってダンスを踊り、大陸は魚の背の上に支えられる。

そんな世界も〝夢〟であれば、いくらでも実現できてしまう。

「きっと、師匠に掛かれば私なんて羽虫を潰すよりも簡単に殺せるんでしょうね」

そう言ってマーリンはぶるっと体を震わせた。

マーリンにも敵わない存在が、彼女も恐れる存在がいることを、彼女の不老不死も決して完全無敵ではないことをフェリシアは知った。

「何はともあれ……注意した方がいいわね」

「分かった。アナベラには……」

「注意するのはあなたよ」

マーリンは呆れ顔をした。一方のフェリシアは首を傾げる。

「どうしてだ？」

「そのアナベラとかいう女の子の前世の知識とやらで、一番人生が変わっているのは、あなたでしょう？」

アナベラの行動でいろいろな人の人生や性格が影響を受け、出会いが生じている。

しかしそれは誤差の範囲だ。

アナベラ自身も、〝原作主人公であるアナベラの行動〟と、そう大きく変わったかと言えばそんなことはない。

他の者たちが大して変わっていないのに対し……唯一、例外的にフェリシアだけが変わっている。

「いや、考えすぎじゃないか？　どう考えても、直接影響を受けてるアナベラの方が……」

「アルスタシア家の没落。調べてみたけれど、どうにも作為的な物を感じたわ。偶然にも……アナベラという子が起こした行動が、アルスタシア家の政治や経済状況に対して、致命的なダメージを与えているのよね。アルスタシア家だけ、狙い撃ちするように」

フェリシアの言葉を無視するようにマーリンはそう言った。

常に森の中で引きこもっているマーリンといえども、アルスタシア家が大貴族であり、そう簡単に傾く家ではないことを知っている。

普通であればそれほど気になることではないが、しかし弟子のことであれば、多少は調べる気になる。

だからこそ、マーリンはフェリシアを弟子に取ってから、暇を見つけては調べていたのだ。

「何はともあれ、そのアナベラとかいう娘に前世の記憶を焼き付けた〝やつ〟がいるのは間違いない。そして〝そいつ〟はそれだけ大胆なことをしておきながら、尻尾を見せていない。そして〝そいつ〟の行動で一番、人生を捻じ曲げられているのはあなた」

マーリンはじっと、フェリシアの黄金色の瞳を見つめながら言った。

「師匠として、もう一度言うわ。注意しなさい」

あとがき

皆様、お久しぶりです。桜木桜です。

本作が書籍化されるに至った経緯については、前巻である一巻のあとがきで書かせていただいた通りです。

以前に説明させていただいた通り、この度は二巻連続刊行となっています。

すでに一巻はご購入いただいていると思いますので、この二巻の表紙と合わせてみてください。一枚の大きなイラストになるかと思います。

こういった遊び心のある試みは決して珍しいことではないかもしれませんが、私の作家人生では初めてです。

またすでに読まれた方はご存じであるとは思いますが、本作では（私にとっては）初めてになるような、表現方法を用いています。

このような〝遊び〟は今までやってみたいと思っていましたので、このような機会を得られたことを大変嬉しく思っています。

ではそろそろ謝辞を申し上げさせていただきます。

挿し絵、キャラクターデザインを担当してくださっている閏月戈様。素晴らしい挿し絵、カバーイラストを描いてくださり、ありがとうございます。

またこの本の制作に関わってくださった全ての方、何よりこの本を購入してくださった読者の皆様にあらためてお礼を申し上げさせていただきます。

それでは三巻でまたお会いできることを祈っております。

■ご意見、ご感想をお寄せください。……………………………………………………

ファンレターの宛て先
〒102-8177 東京都千代田区富士見2-13-3 ファミ通文庫編集部
桜木桜先生 閏月戈先生

FBファミ通文庫

原作開始前に没落した悪役令嬢は偉大な魔導師を志す2

1817

2023年3月30日 初版発行

著　者 桜木桜
発行者 山下直久
発　行 株式会社KADOKAWA
〒102-8177 東京都千代田区富士見2-13-3
電話 0570-002-301(ナビダイヤル)
編集企画 ファミ通文庫編集部
デザイン AFTERGLOW
写植・製版 株式会社スタジオ205プラス
印　刷 凸版印刷株式会社
製　本 凸版印刷株式会社

●お問い合わせ
https://www.kadokawa.co.jp/ (「お問い合わせ」へお進みください)
※内容によっては、お答えできない場合があります。
※サポートは日本国内のみとさせていただきます。
※Japanese text only

ISBN978-4-04-736854-5 C0193

定価はカバーに表示してあります。